우리 동네
도둑들

우리 동네 도둑들

문부일 지음

티ㅁ

차례

우리 동네
도둑들

중간고사가 끝나고 친구들과 피시방으로 향했다. 시험 준비를 하느라 바빠 미처 몰랐는데 그사이 가로수들은 더 붉게 물들고, 바람도 쌀쌀해졌다. 고등학교에 입학한 것이 엊그제 같건만 벌써 1학년이 끝나 가고 있었다.

"한영완, 범생이가 웬일로 학원도 빼먹고 피시방에 같이 가나?"

한 녀석이 '범생이'라는 단어에 힘을 주었다.

엄마가 오늘만큼은 편히 놀아도 좋다고 허락했다. 다음 달에 신도시 45평 신축 아파트 입주를 앞두고 마음이 태평양처럼 넓어진 덕에 요즘 엄마는 평생 화 한 번 내 본 적 없는 듯한 인자한 어머니 캐릭터로 변했다. 평소 같았으면 학원비가 얼마인데 빠지냐는 등 집에 컴퓨터가 있는데 왜 피시방에서 돈을 쓰냐는 등 눈을 흘기며

래퍼처럼 잔소리를 퍼부었을 것이다. 아무튼 10년 가까이 산 낡은 빌라에서 드디어 탈출하게 되어 나도 꿈만 같다. 발코니 확장 공사가 잘됐는지 보려고 지난주에 엄마와 함께 아파트에 다녀왔는데, 단지 바로 앞에 지하철역이 생길 예정이고, 대형 쇼핑몰과 서점, 영화관도 문을 열어서 놀기에 좋을 것 같았다.

"동영상 편집은 잘 하고 있지? 선생님도 영상이 좋다고 했으니까 편집만 잘하면 공모전에서 충분히 수상할 수 있어."

녀석들은 대상을 받으면 상금 200만원을 어떻게 나눌지 계산했다.

대학교 주최 동영상 공모전에 응모하려고 친구 네 명과 한 달 동안 여러 곳을 돌아다니며 촬영을 했다. 편집은 내 몫이었다. 중학교 방과 후 수업 때 편집 기술을 배웠고, 노트북도 최신 기종이라서 편집 프로그램을 활용하기 좋았다. 수상하면 입시 가산점도 받을 수 있어서 모두의 기대가 크다. 공모전 마감은 일주일 뒤다.

횡단보도 앞에 서서 신호등이 바뀌기를 기다리고 있는데 엄마에게서 문자가 왔다.

- 집에 도둑 들엇으니까 빠리 와.

오타에서 엄마의 다급함이 느껴졌다. 첨부된 사진도 있었는데, 안방 바닥에 겨울옷들이 어지럽게 흩어져 있었고, 곰 모양 쿠션은 찢겨져 내장이 터진 듯 솜이 나와 있었다. 그 쿠션은 엄마가 금반

9

지와 목걸이를 숨겨 놓는 금고였다. 집에 자주 놀러 오는 이모도 모르는, 우리 가족만의 비밀이다.

내 방도 어지러웠다. 옷장 문은 활짝 열려 있었고, 책상 위에 둔 노트북이 없어졌다. 아빠 친구가 생일 선물로 준 제품인데 200만 원이 넘는 고가였다. 내일 제출할 수행 평가 자료와 편집 중인 공모전 동영상도 저장해 뒀는데, 큰일이었다.

"휴대폰에 저장된 동영상 원본, 혹시 삭제했어?"

다급히 묻는 내 목소리가 너무 커서 주변 사람들이 힐끔거렸다.

"용량이 커서 다 삭제했지. 왜? 문제 생겼어?"

대답도 하지 않고 나는 무단횡단을 했다. 하마터면 달려오던 차에 치일 뻔했다. 녀석들이 큰 소리로 나를 불렀지만 뒤도 돌아보지 않고 집으로 향했다. 걸어서 20분 남짓 걸리는 길을 달려서 5분 만에 도착했다.

그린빌라 앞에 경찰차가 서 있고 사람들이 기웃거렸다.

"김 과장 아들이네. 집에 무슨 일이야?"

부동산 아저씨가 내 팔을 붙잡았다. 아빠가 시청 과장이라서 동네 사람들은 나를 '김 과장 아들'이라고 불렀다. 아저씨는 동네방네 모르는 일이 없는 소식통이었다.

계단을 뛰어 3층으로 올라갔다. 301호 우리 집 현관문이 활짝 열려 있었다. 안에서는 경찰들이 카메라로 범죄 현장을 찍느라 분

주했다.

"사람이 안 다쳐서 다행이다! 범인을 꼭 잡을 수 있을 거야. 걱정 마."

옆집 아줌마가 엄마를 다독거렸다. 엄마는 자꾸 몸을 부르르 떨었다.

엄마가 점심을 먹고 헬스클럽에 운동하러 간 사이 도둑이 들었다고 한다. 분명히 현관문을 닫고 갔는데 돌아와 보니 문이 조금 열려 있었단다. 없어진 물건은 노트북, 엄마의 귀금속, 수백 만 원이 넘는 명품 가방, 현금 조금이었다. 다 합치면 1,000만 원이 넘었다.

"도어록 비밀번호도 알고 있고, 쿠션 속에 숨겨 놓은 귀금속까지 훔쳤다면 면식범일 확률이 높아요."

덩치가 큰 남자 경찰이 날카로운 눈빛으로 집 안을 둘러보았다. 경찰은 도어록 비밀번호를 알고 있는 사람이 누구인지 물었다. 우리 가족과 이모만 알고 있었다. 이모가 엄마의 명품 가방을 부러워해서 자주 빌려 가긴 했지만 훔쳐 가지는 않았을 것이다. 그리고 그 시간에는 미용실에서 일할 때라 알리바이가 확실했다.

대학생처럼 앳돼 보이는 여자 경찰이 빌라 안을 돌며 그 시간에 집에 있던 사람을 조사했다. 302호 아줌마와 201호 할아버지만 집에 있었다.

"우리 아들이 학교 선생인데 내가 도둑질을 하겠어? 난 그때 음

악 들으면서 에어로빅을 했어. 음악을 안 켰다면 그 집에 도둑이
든 걸 알았을 거야."

아줌마가 뱃살을 흔들며 운동하는 시늉을 했다.

중풍에 걸린 201호 할아버지는 한쪽 다리가 불편해 지팡이가 없
으면 제대로 걷지 못한다. 그 할아버지가 도둑질을 했을 확률은 매
우 낮지만, 만에 하나 중풍에 걸린 것처럼 연기를 하는 것이라면?

"나도 도둑질을 할 만큼 다리가 멀쩡하면 소원이 없겠네."

할아버지가 내 마음을 읽었는지 고함을 질러 댔다. 두 사람은
용의선상에서 제외됐다.

"옥상 문은 늘 닫혀 있나요?"

여자 경찰이 물었다. 엄마가 고개를 끄덕이며 옥상 열쇠를 꺼냈
다. 빌라 총무를 맡은 엄마가 열쇠를 관리하고 있었다.

잠시 뒤, 집으로 들어온 아빠가 경찰에게 명함을 건넸다.

"수사과장님이 친한 형님이라 신속하게 조사해 달라고 부탁드
렸습니다."

아빠는 이 지역에서 태어나 지금까지 살고 있어서 아는 사람이
많았다.

"1층 출입구에 설치된 감시 카메라를 확인하면 절도범을 금방
잡을 수 있을 겁니다. 문다형 순경입니다."

명함을 내미는 여자 경찰의 눈빛과 목소리가 미더웠다.

경찰들이 돌아가자마자 아빠는 도어록 비밀번호를 바꿨다.

"도어록을 망치로 세게 내리치면 문이 열릴 수도 있대."

엄마 얼굴 위로 지는 해가 내려앉았다.

경찰에 신고했다고 도둑놈이 밤에 또 찾아와서 해코지할 수 있으니 당분간 이모네 집에서 머물기로 했다.

◌ ◌ ◌

수업을 마치고 책과 옷을 챙기러 집으로 갔다.

선생님이 동영상 편집을 마치면 살펴보고 싶다고 문자를 보내왔다. 한참을 망설이다가, 집에 도둑이 들어 노트북을 잃어버렸는데 경찰에서 수사 중이라 곧 찾을 수 있을 거라고 답장했다. 친구들한테는 아직 말하지 말아 달라고 덧붙였다. 동영상을 웹하드에 따로 저장해 두지 않은 것을 뒤늦게 후회했다. 오늘 사회 수행 평가 과제도 내지 못해 점수가 깎였다.

즐겨 읽던 추리 소설들을 떠올리며 걷다 보니 어느덧 빌라 앞이었다. 1층 출입구로 들어가려다 누군가 내 목덜미를 잡을 것 같은 느낌에 두리번거렸지만 지나가는 사람은 없었다.

빌라 앞 놀이터 구석에 있는 의자에 앉아 골목을 둘러보았다. 미세 먼지가 심해 밖에서 노는 아이가 없어 동네가 조용했다.

빨간 벽돌로 지은 비슷한 모양의 빌라가 수십 채 모여 있는 오래된 동네. 빌라 이름만 들으면 외국에 온 것 같다. 그린빌라 뒤에는 해피홈타운이 있고 그 옆으로 선앤문힐즈, 리치타운, 블루빌리지……. 빌라들이 붙어 있어서 햇볕도 잘 들지 않았다. 옆 빌라에서 싸우는 소리가 고스란히 들릴 때도 많았다. 도둑놈 때문에 10년 동안 살았던 동네가 낯설게 느껴졌고, 빨리 떠나고 싶어졌다. 엄마는 예정보다 보름 일찍 이사를 가겠다며 서둘렀다.

이모네 집에 가서 수행 평가를 다시 하려면 시간이 빠듯할 것 같아 서둘러 들어가다가 빌라 1층 출입구 위에 달린 카메라를 유심히 바라보았다. 도둑은 녹화 중이라는 것을 몰랐을까?

우리 집 301호로 들어가 현관문을 닫았다가 다시 열었다. 문을 닫으면 집 안에 숨어 있던 도둑이 튀어나올 것 같았다.

어제 미처 챙기지 못한 책과 옷을 가방에 담아 급히 나오려는데 무심코 거실 가운데 걸린 가족사진이 눈에 들어왔다. 가운데에 한복을 입은 고모할머니가 환하게 웃고 있다. 할아버지와 할머니가 일찍 돌아가신 뒤, 아빠는 고모할머니와 함께 살았다. 고모할머니 또한 자식이 없어서 아빠를 아들처럼 보살펴 줬다고 한다. 게다가 고모할머니는 외곽 지역에 가지고 있던 땅도 아빠한테 물려줬는데, 그곳에 신도시가 들어서면서 아파트 분양권을 받게 됐다. 고모할머니가 아니었다면 우리 가족은 낡은 빌라를 떠날 수 없었을 것이다. 엄마가 건강이 안 좋아서 아빠 혼자 버느라 형편이 넉넉하지 않았으니까.

필요한 것들을 챙겨 나와 정류장으로 걸어가는데, 단톡방 알림이 울렸다. 편집한 동영상을 빨리 보내 달라고 녀석들이 재촉했다. 상금과 대학 입시 가산점을 받으려고 우린 무더운 여름, 동네 곳곳을 누비며 어르신들을 만나 인터뷰를 했다. 특히 한 녀석은 할아버지와 친해져야 진솔한 이야기를 들을 수 있다면서 경상도 사투리까지 배웠다. 덕분에 더 재미있고 문제의식 있는 영상을 찍을 수 있었다. 그렇게 고생을 했는데, 노트북을 도둑맞았다고 사실대로 털어놓을 수 없어서 며칠만 더 시간을 주면 편집을 마무리하겠다고 말했다. 그러고는 곧장 엄마에게 전화해 수사가 어떻게 되고 있는지 물었다.

"도둑을 잡았다가 해코지당한 사람도 많아서 수사를 중단해 달라고 경찰서에 이야기했어. 얼마나 어려우면 도둑질까지 했겠냐. 기부했다고 생각해야지."

길에서 빈 병을 보면 주워 오는 엄마가 1,000원도 아닌, 1,000만 원어치를 기부한다니 내 귀를 의심했다.

"노트북은 아빠가 다시 사 준대. 너보다 더 필요한 사람이 쓰면 그것도 복 받는 일이야."

"엄마나 복 많이 받아! 노트북에 수행 평가랑 공모전 영상이 저

장되어 있어서 당장 범인을 잡아야 돼!"

세계 4대 성인의 가르침을 실천하는, 날개 없는 천사님과의 통화를 마치고 아빠에게 전화를 걸었다. 아빠 또한 엄마와 뜻이 같아서 수사를 멈출 수 있는지를 벌써 경찰에 문의했단다. 사무실에서 음식을 시켜 먹고 받은 쿠폰을 챙겨 오는 시청의 대표 짠돌이 우리 아빠도 이상해졌다.

부모님만 믿고 있다가는 노트북을 찾지 못하고 공모전에 작품도 내지 못할 것 같았다. 벌써부터 녀석들의 원망 소리가 환청처럼 들려왔다. 내가 직접 도둑을 잡기로 마음먹고 문 순경이 건넨 명함을 찾아 전화를 했다.

"노트북에 중요한 자료가 많아서 도둑을 꼭 잡아야 해요."

"수사과장님이 수사를 천천히 진행하라고 하셨는데, 경찰 임용이후 처음 맡은 사건이라 내 힘으로 꼭 범인을 잡고 싶어. 부모님한테는 말하지 마."

문 순경의 목소리에 힘이 넘쳤다.

문 순경은 지금까지 조사한 결과를 알려 줬다. 1층 출입구 감시 카메라에 녹화된 영상을 보니, 배달원 여러 명이 드나들었지만 모두 1분 이내에 빌라 밖으로 나왔다고 한다. 그중 한 명이 10분 동안 머물러서 현재 조사 중이라고 했다.

엄마와 이모는 식탁에 마주 앉아서 가구, 전자 제품 전단지를 살펴보고 있었다. 모두 가정용이 아니라 미용실 전용이었다. 이모도 신도시 아파트 단지 상가로 미용실을 옮긴다. 이모네 시어머니 역시 그 지역에 땅이 있어서 아파트 상가 분양권을 받았다.

"우리가 예정보다 보름 먼저 이사를 가야 해요. 빨리 도배할 수 있죠? 부탁드려요."

도배 업체와 통화하는 엄마의 목소리가 너무 커서 옆집 사람들도 벽지가 무슨 색인지 알 정도였다.

"언니, 목소리 작게 해. 옆집에서 시끄럽다고 항의 전화 왔었어."

이모가 눈총을 보냈지만 엄마는 들은 척도 하지 않았다.

"이모, 우리가 보름 동안 여기서 살아도 돼? 불편하지 않아?"

"눈치 보지 말고 지내. 여태 네 엄마랑 아빠한테 신세를 많이 졌잖아."

이모는 저녁 식사를 준비했다.

사촌 동생 방에 들어가 노트북을 빌려 수행 평가를 다시 했다. 사진 자료가 없어서 분량도 적고 성의가 없어 보여 최하점을 받을 것 같았다. 집중이 안 돼 휴대폰으로 중고 거래 어플에 접속해 노트북을 살펴보았다. 범인이 노트북을 중고로 내놓았을 수도 있었다. 하지만 아무리 찾아봐도 내 노트북과 같은 제품은 없었다.

"형, 노트북을 언제까지 쓸 거야?"

사촌 동생은 노트북으로 게임을 하고 싶어 하는 눈치였다.

녀석한테 노트북을 넘기고 침대에 누워 있는데 일찍 퇴근한 아빠가 방문을 열고 작은 상자를 내밀었다. 잃어버린 것보다 더 좋은 노트북이었다.

"노트북을 도둑맞았다고 했더니 아빠 친구가 한 대 더 주더라."

"가전제품 대리점 사장님이라도 이렇게 비싼 선물을 계속 줄 수 있어? 엄마 명품백도 그 아저씨가 선물한 거잖아."

"어려울 때 내가 많이 도와줬으니까 받아도 돼. 그리고 동영상 공모전은 포기하고 친구들한테 아빠가 맛있는 거 사 준다고 해."

아빠는 도둑을 잡으려는 의지가 전혀 없었다. 너무 큰돈을 잃어버려서 충격을 받고 자신의 자린고비 캐릭터를 잊어버린 것일까?

사촌 동생이 호들갑을 떨며 새 노트북에 인터넷을 연결하는 동안 나는 곰곰 생각에 빠졌다. 20년 넘은 똥차를 타고 다닐 만큼 자린고비로 소문난 아빠가 왜 도둑한테는 관대한 것일까.

부모님은 더 이상 수사를 원하지 않으니, 몰래 문 순경에게 문자로 수사 결과를 물었다. 바로 답이 왔다.

-10분 동안 머물던 배달원을 조사했는데 범인이 아니야.

문자를 보다가 깊은 한숨을 내쉬었다. 배달원은 유튜브 영상을 찍느라 층계참에서 10분 동안 머물렀다고 한다. 빌라에 들어올 때부터 나갈 때까지 찍은 배달 라이브 영상이 증거였다. 그렇다면 범인은 1층 현관으로 들어오지 않았다는 뜻이었다. 입안에 쓴맛이 감돌았다.

식사를 마치고 학원에 가려고 이모네 집에서 나왔다. 주차장 앞을 지나는데 엄마와 아빠가 구석에서 이야기를 나누고 있었다. 두 분 모두 너무 심각한 표정이었다. 머뭇거리다가 엄마를 부르며 가까이 다가가자 아빠가 헛기침을 했다.

• • •

어제보다 포근한 가을 일요일 아침이었다. 뉴스에서는 다음 주부터 추워져 초겨울 날씨가 시작된다고 기상 예보를 했다.

"더 추워지기 전에 이사를 가야지!"

엄마는 이모와 가구를 구경하고 오겠다며 나갈 준비를 했다. 아빠도 일이 있어 외출했다. 부모님은 도둑맞은 일을 완전히 잊어버린 것 같았다. 자작극은 아닐까 하는 생각이 들 정도였다. 엄마는 명품 가방을 잃어버렸는데도 너무 평온했다. 무소유를 실천하는 경지에 오른 걸까? 아니면 그 가방이 짝퉁이었던 걸까?

도서관에 간다는 핑계를 대고 집을 나서 버스에 올랐다. 부모님 한테는 범인을 찾으러 간다고 말할 수 없었다. 이번 사건에 관심을 갖는 사람은 거의 없었다. 경찰들도 바쁘다며 수사를 차일피일 미루는 눈치였다. 내게 명함을 줬던 문 순경 혼자서 몰래 열심히 범인을 뒤쫓고 있었다.

버스에서 내려 우리 동네 골목으로 들어섰다. 지나다니는 사람이 없었다. 그 사건 이후 동네 분위기가 흉흉해졌고 집값이 떨어졌다는 소문이 돌았다.

집으로 올라가 범인이 어떻게 들어왔을지를 생각했다. 그러다 문득 창밖으로 손을 뻗어 가스 배관을 만져 보았다. 벽에 단단히 고정되어 있지 않아서 이걸 타고 올랐다가는 추락해 죽을 수도 있었다. 그래도 어떻게든 가스 배관을 타고 올라왔다면 다른 사람들의 눈에 띄지 않도록 빌라 뒤쪽에 있는 내 방 창문으로 들어왔을 것이다. 도둑은 일부러 현관문을 열어 두고 비밀번호를 아는 사람처럼 위장해 수사에 혼선을 줬을지도 모른다.

문 순경에게 전화를 걸어 내 생각을 전했다.

"가스 배관을 타고 올라오는 경우가 있기는 한데, 그렇다면 정말 가벼운 사람이어야 해. 혹시 친구 중에 너희 집에 대해서 잘 아는 사람은 없니?"

우리 집에 자주 드나들던 녀석들은 그 시간에 모두 학교에 있었다. 물론 누군가가 다른 학교에 다니는 친구한테 정보를 줬을 수도 있다. 그렇게 생각하니 주변의 모든 사람이 용의자처럼 보였다.

"도둑이 가스 배관을 타고 왔다는 가정 하에 그 시간대 골목으로 들어온 사람을 모두 조사해 보면 어떨까요?"

골목 입구 전봇대에 감시 카메라가 설치되어 있었다.

문 순경도 이미 녹화 영상 속의 사람을 확인했는데, 우리 빌라 근처로는 가지 않았다고 했다.

전화를 끊고 옥상으로 올라가 동네를 살펴보았다. 뒤에 있는 블루빌리지 옥상에서 멀리뛰기를 해 우리 빌라 옥상으로 넘어와 가스 배관을 타고 3층으로 내려갈 수도 있지만 추락할 가능성이 컸다. 드론을 타고 옥상에 왔다는 가정에 이르러서는 쓴웃음이 나왔다.

아무런 성과도 없이 이모네 집으로 돌아왔다.

점심시간이 훌쩍 지났지만 도둑의 동선을 수사하느라 배고픔도 잊고 있었다.

이모는 가구를 싸게 샀다며 좋아했고, 엄마도 벽지 색깔이 마음에 든다며 맞장구를 쳤다. 모두 약속이라도 한 듯이 도둑한테는 관심이 없었다.

"아빠가 점심을 집에서 같이 먹겠다고 해서 국수 삶고 있는데 아직 안 오시네. 연락해 봐라."

이모가 국수를 냄비에 넣었다.

아빠에게 전화했지만 받지 않아 문자를 보냈다. 한참이 지나도 답이 없었다.

"시장님과 식사하는 거 아닐까?"

고등학교 선후배 사이인 아빠와 시장님은 일요일마다 등산을 같이 다닐 정도로 가까웠다. 그 덕분에 아빠는 토지개발과장으로 승진할 수 있었다.

먼저 식사를 시작했다. 쌀국수라서 면발이 쫄깃쫄깃했고 소고기 국물은 담백했다. 이모의 요리 솜씨는 엄마보다 좋았다.

식사를 끝내고 행주로 식탁을 닦는데, 엄마가 전화를 받더니 안방으로 들어가 목소리를 낮췄다. 평소의 엄마와 사뭇 달라 화장실에 가는 척하며 방문에 귀를 대고 들어보니 '경찰서'라는 말이 작게 들려왔다.

"도둑 잡았대?"

나는 방문을 벌컥 열며 엄마에게 물었다.

"아니야! 아파트에 문제가 생겼다고 빨리 와 보래. 넌 집에서 수행 평가 하고 있어."

엄마가 옷을 챙겨 밖으로 나갔다. 나도 점퍼와 지갑을 들고 뒤따라갔지만 엄마는 보이지 않았다. 무엇인가에 이끌리듯 나는 택시를 잡아타고 경찰서로 향했다.

택시에서 내려 경찰서 정문으로 들어서는데 안내 센터에 있는 경찰이 무슨 일로 왔는지 물었다. 절도 사건 때문에 왔다고 하면서 문 순경의 명함을 건네자 경찰이 전화를 걸어 확인한 뒤 본관으로 들어가라고 친절하게 안내해 줬다.

1층 휴게실에서 기다리니 문 순경이 두꺼운 서류를 들고 왔다.

"휴일인데도 출근하셨네요."

"과장님이랑 팀장님이 수사 중단을 지시해서 아무도 없을 때 일하려고 오늘도 출근했어."

혹시 우리 엄마와 통화하지 않았느냐 물으니 아니라고 대답했다. 엄마는 정말 입주할 아파트에 문제가 생겨서 나간 모양이었다.

"좋은 소식 알려 줄게. 중요한 단서를 찾았어. 아마 내일 오후쯤에 용의자를 체포할 수 있을 것 같아."

문 순경이 눈을 반짝였다. 어떤 정보인지 물어도 보안 사항이라고 말하며 고개를 저었다. 화요일 오전까지 노트북을 찾는다면 급히 편집해서 공모전에 작품을 낼 수 있었다. 문 순경은 일을 해야한다며 사무실로 올라갔고, 나는 경찰서를 나오면서 엄마에게 전화를 했다. 그런데 어디에선가 익숙한 벨소리가 들려왔다. 경찰서 주변이 조용해서 벨소리가 아주 또렷하게 들렸다. 소리가 나는 쪽을 따라가 보니 주차장에서 엄마와 아빠가 이야기를 나누고 있었다. 표정이 너무 어두웠다. 발신 중지 버튼을 누르니 엄마의 휴대폰 벨소리가 멈췄고, 부모님의 말소리가 잘 들렸다.

"걱정하지 마. 그 도둑놈이 경찰이랑 시청 감사부서에 고발했지만 우리는 안 걸려! 그런데 그 비밀을 어떻게 알았을까? 당신이 주변에 떠벌리고 다닌 거 아니야? 혹시 처제가 실수한 건 아닐까?"

"우리는 절대로 이야기 안 했어. 대리점 하는 당신 친구가 소문낸 거 아니야?"

"그 녀석은 입이 무거워. 어쨌든 오늘 다 해명했고, 증거도 없어서 더 이상 수사하지 않을 거야."

아빠는 입술을 잘근잘근 씹었다.

분양받은 아파트와 관련한 이야기였다. 더 자세하게 듣고 싶었지만 부모님은 이내 똥차에 올라 주차장을 빠져나갔다.

경찰서 정문을 나서며 이모, 아빠 친구 그리고 우리 집의 공통점을 떠올려 보았다. 우리 집은 신도시에 새로 지은 값비싼 아파트로 이사를 가고, 이모는 같은 단지 상가에 미용실을, 아빠 친구는 가전제품 대리점을 연다. 세 집 모두 신도시 개발 전, 같은 지역에 땅을 갖고 있었다. 생각할수록 머리가 복잡해졌다. 미세 먼지가 심해서 안개가 긴 듯 답답했고 숨쉬기도 힘들었다.

◦ ◦ ◦

수업이 끝나고 동아리 활동 교실로 향했다.

"영완아, 노트북 찾았어?"

선생님이 내 곁으로 다가왔다.

"경찰서에서 내일까지 찾을 수 있을 거래요. 믿어 봐야죠."

선생님의 눈을 똑바로 볼 수 없었다.

동아리 교실에 아무도 없을 때, 문 순경에게 전화를 걸었다. 마침 지금 용의자를 조사를 하고 있단다.

나는 가방을 챙겨 교문 밖으로 달려 나가 택시를 타고 경찰서로 향했다.

어제도 경찰서에 왔던 터라 익숙해 바로 2층 조사실로 올라갔다. 드라마에서 본 것처럼 시끄럽거나 삭막하지는 않았다. 분위기에 적응하며 주변을 두리번거리다가 문 순경을 발견했다. 옆에는 낯익은 경찰들도 보였다.

문 순경의 맞은편에 앉아 조사를 받고 있는 남자가 보였다. 어디선가 분명히 본 적이 있었다. 용의자는 나를 보며 희미하게 웃었다. 40대 중반에, 날씬해서 충분히 가스 배관을 타고 올라갈 수 있을 것처럼 보였다.

"그린빌라 뒤, 선앤문빌라 302호에 사는 사람이야."

문 순경의 말을 듣고 보니 이 남자를 골목에서 여러 번 본 기억이 났다.

"창문 사이에 나무판을 놓고 다리 삼아 건넌 게 틀림없어."

문 순경은 선앤문빌라에서 우리 집 창문으로 넘어왔다고 확신

해 조사를 시작했다고 했다. 창문 사이에 나무판을 놓았을 테니, 나무판을 들고가는 장면을 찾으려고 골목 입구에 설치된 카메라의 녹화 영상을 꼼꼼히 살펴본 것이다. 그러던 중 용의자가 가정집에서는 사용하지 않는 손목 두께의 철근을 들고 선앤문빌라로 들어가는 장면을 확인했다고 한다.

"철근 두 개를 창문 사이에 놓고 그 위에다가 집에 있는 나무판을 올려놓았겠지. 아마 옷장 문이 아니었을까?"

문 순경은 신입 경찰답지 않게 예리했다. 옷장 문을 창문 사이에 놓고 건너면 중간에서 부서져서 추락할 수 있지만, 그 밑을 철근으로 받히면 튼튼한 다리가 되는 셈이었다.

"철근을 어디에 사용했는지 말하지 못하던 용의자가 결국 자백했어. 집에서 명품백과 노트북을 찾았고, 용의자는 도망칠 위험이 있어서 구속 수사를 받게 될 거야."

잠시 뒤, 아빠와 엄마가 조사실로 들어왔다.

용의자를 본 엄마의 얼굴이 굳어졌다. 엄마는 뭔가를 눈치챈 듯 입을 다물었다. 아빠도 마찬가지였다.

"아주머니가 누군가와 통화하면서 부동산 투자를 잘해 아파트에 입주한다고 얘기하는 걸 여러 번 들었대요."

중년의 남자 경찰이 지금까지 조사한 내용을 아빠에게 전해줬다.

평소 엄마는 내 방 침대에 누워 자주 통화를 하곤 했는데 목소리가 커서 그 내용이 옆집에까지 들렸던 것이다. 엄마는 이모와 통화하며 귀금속을 쿠션 속에 숨겨 놓는 게 금고보다 좋다는 말도 했었단다.

"피해자들에게 얼른 사과하세요. 아홉 살 된 딸도 있다면서 부끄럽지 않아요?"

형사 아저씨가 딱딱하게 말했다.

"도둑질한 것은 잘못이지만 저 사람들한테는 미안하지 않아. 물론, 내 자식한테 부끄럽고 미안해. 하지만 당신들 먼저 자식한테 부끄러워 해. 그리고 공무원으로서 국민들한테 반성해야지."

용의자의 목소리가 너무 커서 복도를 지나가던 다른 경찰들이 조사실을 기웃거렸다.

"직계 가족 이름으로 땅 산 놈들은 다 걸리는데, 저 높으신 과장님은 머리를 잘 써서 고모 이름으로 사 뒀으니까 걸리지 않았잖아. 아주 똑똑해! 공무원이라는 직위를 이용해서 못된 것만 배웠어! 당장 파면시켜야 해! 가장 악질이야."

용의자가 수갑을 찬 채로 부모님한테 삿대질을 했다. 공무원은 신도시가 개발된다는 정보를 다른 사람들에게 알리면 안 되고, 본인도 그 지역에 투자를 하면 안 되는 거라고 그가 소리쳤다.

"당신이 신고해서 나도 조사받았는데, 자꾸 허위 사실을 말하면

명예 훼손으로 고소할 거야."

아빠가 목소리를 높였다. 엄마는 조용히 복도로 나갔다.

용의자의 말대로라면 아빠가 이모와 아빠 친구한테도 그 지역에 몇 년 뒤 아파트가 들어선다고 미리 귀띔을 해 줬던 것일까. 아파트 단지가 들어선다는 소식이 알려지기 전까지 헐값이었던 땅을 미리 사 둔 덕분에 입주권, 상가 분양권을 받았다는 이야기였다. 물론 두 사람 모두 먼 친척 이름으로 사 두었을 것 같다.

"경찰 수사를 멈추지 않으면 공무원이 내부 정보로 투기한 사실을 알리겠다고 전화했더니 알겠다고 벌벌 떨었잖아. 수사과장이랑 친구라서 수사 접을 수 있다며! 왜 약속 안 지켜? 이제 우리 다 같이 죽는 거야."

용의자의 말에 경찰들이 술렁거렸고, 아빠 친구인 수사과장은 문 순경을 흘겨보면서 급히 조사실을 나가 버렸다. 문 순경은 고개를 숙인 채 구석에 서 있었다. 아빠는 절도범의 말을 믿지 말라고 맞받아치며 밖으로 나갔다. 아빠를 쫓아가다가 뒤를 돌아보니 용의자는 우리를 보며 서늘한 미소를 지었다.

"아빠, 저 사람이 한 말 다 사실이야?"

"도둑이 하는 말을 믿냐? 혼자 죽기 싫으니까 물귀신 작전을 쓰는 거야. 넌 공부나 열심히 해! 어른들이 하는 일에 끼어들지 말고."

아빠는 시청에 급한 일이 있다며 서둘러 경찰서를 떠나 버려서 이모와 아빠 친구가 어떻게 아파트 상가에 가게를 차리게 되었는지는 묻지 못했다.

● ● ●

수업을 마치고 엄마와 함께 집으로 향했다.

동네에 이미 아빠의 비리가 소문났을 것 같아서 골목에 사람이 없을 때 전속력으로 달려 빌라로 들어갔다. 얼른 이사를 가고 싶었다.

며칠 동안 청소를 하지 않아 집 안에서 퀴퀴한 냄새가 났다. 대충 청소를 하고 나니 밖은 금세 어두워져 있었다.

"빨리 이 동네를 떠나야지. 수준 안 맞아서 못 살겠어."

엄마는 고무장갑을 벗으며 혼잣말처럼 중얼거렸다.

"이모는 어떻게 아파트 상가에 미용실을 차려?"

"시댁이 그쪽에 땅이 좀 있었대. 그런데 나도 자세한 건 몰라. 원래 형제자매도 결혼하면 속속들이 알 수 없어. 어른들 일에 관심 갖지 말고 공부나 해!"

엄마는 배가 아프다며 화장실에 들어가 버렸다.

어떻게 된 일인지 아무도 나에게 시원스레 이야기를 해 주는 어

29

른이 없었다. 절도범 검거 이후 문 순경은 내 연락을 피했다. 높으신 분이 수사를 하지 말라고 했는데 눈치 없이 열심히 했다고 징계를 받지는 않겠지?

나도 모르게 한숨이 나오고 갈증이 났지만 마실 물이 없었다.

모자를 푹 눌러쓰고 나가 집에서 멀리 떨어진 편의점에 들어갔다.

"영완아, 도둑 잡았다며! 다행이야. 어떻게 옆집에서 그렇게 도둑질을 해!"

계산을 하던 미용실 아줌마가 호들갑을 떨었다. 정말 소문이 빠른 동네였다. 빨리 나가고 싶은데 편의점 아저씨도 끼어들었다.

"인터넷 뉴스에도 기사가 났어! 부인은 일찍 죽고, 범인 혼자서 초등학교 2학년 딸을 키우고 있다는데, 그 애가 뭘 보고 배우겠어!"

아저씨가 계산하는 동안 나는 휴대폰으로 뉴스를 검색해 보았다.

문화시 행복동에서 발생한 절도 사건의 용의자는 직장에서 해고를 당한 후 경제적으로 어려워지자 자신의 집과 옆 빌라 창문 사이에 옷장 문을 놓고 건너가 1,000여 만 원어치의 귀중품을 훔친 혐의를 받고 있다. 경찰은 다른 죄도 있는지 조사하고 있다.

다행히도 아빠 이야기는 나오지 않았다.

편의점을 나와 집으로 뛰어가는데 놀이터에서 시끄러운 소리가 났다.

"우리 엄마가 그랬는데, 얘네 아빠가 도둑이래! 지금 경찰서에 붙잡혀 있어."

"맞아! 우리 엄마도 쟤랑 같이 놀지 말래."

아이들이 한 여자애를 빙 둘러싸고는 손가락질을 했다. 낡은 점퍼 차림의 여자애는 경찰서에서 조사받던 아저씨를 닮았다. 특히 코와 눈매가 비슷했다.

"우리 아빠는 도둑 아니야! 도둑 아니라고!"

여자애가 눈을 부라리며 목에 핏대를 세웠다.

"학교에 벌써 소문이 다 났어!"

옆에 있던 아이들이 눈짓을 주고받더니 여자애에게 모래를 집어 던졌다. 잠시 눈을 찌푸리던 여자애가 발로 모래를 걷어찼다.

"그만해! 왜 친구를 괴롭혀!"

내가 소리를 지르며 다가가자 아이들이 도망쳤다.

여자애의 눈에 눈물이 고였다. 흰자위에 실핏줄도 선명했다. 나는 봉지에서 과자를 꺼내 건넸다.

"아빠가 모르는 사람이 주는 과자는 먹지 말라고 했어요."

여자애는 고개를 저으며 일어나 선앤문빌라로 들어갔다. 302호 창문을 바라보았다. 불을 켜지 않아 어두컴컴했다. 우리 빌라에 가려 햇빛도 잘 들지 않는 곳.

"도둑놈 때문에 우리 동네 빌라 거래가 확 끊겼어. 그런데 아빠는 괜찮아?"

부동산 아저씨가 다가왔다.

"무슨 말씀이세요?"

"내가 이 동네 정보통이잖아! 아빠가 투자 관련해서 조사를 받았다며? 사람들이 김 과장을 부러워해!"

나는 전화가 온 것처럼 휴대폰을 귀에 갖다 대며 빌라로 들어갔다.

계단을 올라가는데 위에서 옆집 아줌마 목소리가 들렸다.

"영완이 엄마, 너무 서운해! 10년 동안 자매처럼 지냈는데 나한테도 몰래 정보 좀 줬어야지!"

"무슨 정보? 난 아무것도 몰라! 좋은 정보 있으면 나한테도 알려 줘!"

엄마가 집으로 들어가 현관문을 닫았다.

나는 아줌마한테 인사를 하는 둥 마는 둥 하고는 집으로 들어갔다.

책상에 앉아 새 노트북을 켜고 동영상 편집을 시작했다. 도둑맞은 노트북은 증거품이라 돌려받지 못했고, 그 안에 저장된 파일만

문 순경이 메일로 전송해 줬다.

역시 더 좋은 노트북이라 속도가 빨라서 오늘 밤을 새우면 충분히 마무리할 수 있었다.

첫 부분에 어떤 자막을 넣을까 고민하며 공모전 안내문을 다시 살피는데 단톡방에 메시지가 많이 올라와 있었다.

- 영완, 좋은 정보 덕분에 아파트로 이사 간다며? 우리 엄마가 부러워하더라.

- 정말? 무슨 정보?

녀석들의 질문이 쏟아졌다. 나는 아무 말도 할 수 없었다.

선앤문빌라 302호에 여전히 불이 들어오지 않았다.

다시 작업을 하려고 노트북을 보고 있는데, 이 비싼 선물을 두 번이나 선뜻 준 아빠 친구가 떠올랐다. 인터넷 쇼핑몰이 할인을 많이 해 주니 동네에 있는 대리점을 찾는 손님이 줄었다고 늘 하소연했는데, 어떻게 갑자기 신도시 아파트 상가를 분양받았을까. 내가 대학교에 가면 정장도 사 주고, 등록금도 내 주겠다고 인자하게 말하던 아저씨의 목소리가 귓가에 들리는 듯했다. 요즘 들어 갑자기 주변에 천사들이 많아졌다.

- 노트북 잃어버려서 영상을 편집할 수가 없어. 미안해. 이번 공모전은 접어야겠어.

글을 남기고 단톡방에서 빠져나왔다. 부모님 말처럼 용의자를 잡지 않았다면 좋았을지도 모르겠다. 문 순경에게 또 문자를 보냈지만 여전히 답문이 없었다.

엄마가 밥을 먹자며 큰 소리로 불렀다. 배가 고프지 않다고 대꾸하고는 방문을 닫았다.

선앤문빌라 302호에서는 아무 소리도 들리지 않았다. 여자애가 먹지 않겠다고 한 과자를 입에 넣었다. 쓴맛이 강한 초콜릿 과자였다.

멘도롱 또똣

제주 공항 정류장에서 펜션으로 가는 버스를 기다리고 있다. 태어나서 처음으로 제주도에 왔는데 설레기는커녕 자꾸 한숨만 나왔고, 돌하르방 앞에서 사진을 찍으며 호들갑 떠는 관광객들의 웃음소리가 귀에 거슬렸다.

형은 흡연 구역에 쭈그려 앉아 담배를 피워 댔다. 머리는 덥수룩하고, 오랫동안 면도를 하지 않은 탓에 스물두 살이 아니라 마흔 살로 보였다. 낯빛도 너무 어두워서 귀양살이를 하러 제주도로 끌려온 사람 같아 보였다. 며칠 전 새해가 밝았지만 우리 형제는 아직도 절망의 늪에서 벗어나지 못하고 있다.

제주도의 날씨마저 우리를 반기지 않았다. 햇빛 한 줌 찾기 힘들 만큼 하늘은 잿빛이었고, 바람은 차가워 목덜미와 귀가 얼얼했다. 진눈깨비까지 날려 완벽하게 을씨년스러운 날이었다.

"이제 장타에 자신 있어. 이번 우승은 내 차지니까 기대해!"

골프 가방을 어깨에 멘 아저씨들이 지나갔다. '장타'라는 단어는 주식뿐만 아니라 골프에서도 쓰이나 보다.

그 소리를 들은 형이 두 손으로 머리카락을 흐트러트리며 비명을 질러 댔다. 나도 하늘을 향해 고함을 지르고 싶었지만 참았다. 한 명이라도 정신을 차려야 여행을 무사하게 마칠 수 있을 테니까.

주식 하는 사람들 사이에서 장타란 투자한 주식을 오랫동안 보유하는 것을 뜻한다. 형 때문에 고등학교 1학년인 나도 장타, 단타, 매수, 매도, 옵션, 선물 등 주식에 대해 일찍 눈을 뜨고 말았다.

버스에 올라 빈자리에 앉았다. 형은 흐리멍덩한 눈빛으로 앞만 바라보았다.

학원 한 번 안 다니고 인터넷 동영상 강의를 보며 공부해 당당히 명문대에 입학한 나의 롤 모델이 어쩌다 저 지경이 됐을까?

휴대폰 벨소리가 요란하게 울렸다. 엄마였다. 통화 거부 버튼을 누르고 문자로 무슨 일인지 물었다. 숙소에 잘 도착했느냐고 답문이 왔다. 산속이라 공기가 맑다고 답하면서 휴대폰 사용 금지라 당분간은 연락하지 못할 거라고 덧붙였다.

부모님은 우리 형제가 제주도에 온 것을 모른다. 나는 동아리 수련회에 간다고 둘러댔고, 형은 어린이 영어 캠프에서 아르바이

트한다고 거짓말을 했다. 형은 충격적인 사태를 겪은 직후 휴대폰을 길바닥에 던져 완전히 박살 내 버렸다. 부모님에게는 공부에 집중하려고 휴대폰을 없앴다고 말했다.

형은 커피에 신경 안정제를 먹으려고 했다.

"죽으려고 제주도에 온 거야? 며칠째 불면증에 시달리고 있잖아."

약을 빼앗아 차창 밖으로 던져 버렸다. 그러자 형이 고함을 질러 댔다.

"무사 싸우맨?"

옆에 앉은 할머니가 말을 걸었지만 사투리라서 뜻을 알 수 없었다.

왜 싸우는지를 묻고 있다며 건너편에 앉은 아줌마가 통역해 주었다. 우리 형제의 슬픈 사연을 다 털어놓으려면 버스가 제주도를 몇 바퀴 돌아도 끝나지 않을 것이다.

대학교 금융 투자 동아리에서 활동한 형은 과외를 해서 번 돈 500만 원으로 주식 투자를 시작했다. 투자한 회사 근처 식당에서 점심을 먹으며 직원들의 사소한 이야기까지 엿들었고, 철저하게 정보를 분석한 결과 몇 달 만에 세 배를 벌었다. 비트코인에 올인한 선배들이 형을 부러워했다.

"엄마, 아빠처럼 식당이나 공사장에서 일해서는 절대로 부자가 될 수 없어. 너도 좋은 대학에 입학해야 하니까 내년에는 학원에 보내 줄게."

형이 15만 원짜리 운동화를 사 줬다. 태어나서 이렇게 비싼 선물을 받아 본 건 처음이었다.

대박 소식이 알려지자 형의 여자 친구를 비롯한 주변 사람들이 형에게 투자금을 빌려줬다. 나도 모아 뒀던 50만 원을 건넸다. 물론 부모님에게는 비밀로 했다.

"과감하게 베팅해야지. 개미들은 소심해서 가난에서 벗어날 수 없어."

개미는 적은 돈을 투자하는 소시민을 뜻한다.

미세 먼지가 심해지면서 형이 투자한 공기 청정기 회사의 주식이 급등했고, 마침내 엄청난 수익이 났다. 최소한 내게 있어 형은 투자의 귀재, 한국의 워런 버핏이었다.

연이은 대박 기념으로 형은 제주도 가족 여행을 제안하고 곧장 항공권과 펜션을 예약했다. 역시 거침없는 추진력이었다. 부모님에게는 출발 직전에 알리기로 했다. 엄마, 아빠가 주말에도 휴가철에도 제대로 쉴 수 없어서 지금까지 가족 여행을 가 본 적이 없었다.

한라산 중턱을 달리던 버스가 숙소 근처 정류장에 도착했다. 한시간 남짓 걸렸다.

마을에서 벗어난 황량한 벌판 가운데라서 지나다니는 사람이 한 명도 없었다. 곳곳에 눈도 쌓여 있었다.

한참을 걸어 펜션으로 향했다.

넓은 마당이 딸린 2층 건물이 보였다. 그 옆에는 '멘도롱 또똣'이라는 이름의 작은 고기국숫집도 있었다. 간판은 대충 만든 듯 조잡해 보였다. 고기국수라는 단어에서 누린내가 훅 풍기는 것 같았다.

주인으로 보이는 아줌마와 아저씨가 청소를 하고 있었다.

"두 사람만 왔어요? 식사 주문은 추가로 하지 않았죠?"

아저씨가 물었다. 챙이 넓은 모자를 쓰고 있어서 얼굴을 제대로 볼 수 없었다. 아줌마는 날씨와 어울리지 않게 선글라스까지 썼고, 미역 줄기 같은 긴 머리로 얼굴을 가렸다.

사정이 있어서 부모님은 오지 못했다고 말했다.

아저씨가 모자를 벗었다. 40대 중반 정도로 보였고, 탈모가 심각해서 모자를 쓰고 있는 듯했다.

"비나 눈이 많이 내리면 길이 통제되는 곳이라 오늘은 손님이 두 사람 뿐이야. 불조심해! 전기장판, 가스버너는 절대로 사용하지 말고!"

아저씨의 설명을 듣고 있는데, 주차장으로 차 한 대가 들어왔다.

차에서 내린 할아버지가 국숫집으로 들어갔다. 아줌마가 가게로 달려갔다. 펜션과 국숫집을 함께 운영하는 모양이었다.

숙소에는 방 두 개와 넓은 거실, 부엌이 있었다. 문득 부모님과 렌터카를 타고 해안 도로를 질주했을 모습이 그려져 입안에 쓴맛이 돌았다. 지금 엄마는 식당에서 찬물로 설거지를 하고, 아빠는 공사 현장에서 칼바람을 맞으며 일하고 있을 텐데.

형은 침대에 눕더니 이불을 뒤집어썼다. 어디선가 꼬르륵 소리가 났다. 우리 형제는 아침부터 아무것도 먹지 않았다.

마을에는 식당은커녕 편의점도 없었다. 차를 렌트하지 않아서 먹을거리를 사러 나갈 수 없었다. 선택은 하나뿐이었다. '멘도롱 또똣', 식당 이름이 특이해 무슨 뜻인가 검색해 보니 '미지근, 따뜻' 하다는 제주도 사투리였다.

국숫집 안으로 들어서니 아까 차에서 내리던 할아버지 혼자 식사를 하고 있었다.

메뉴는 고기국수 달랑 하나, 가격은 3,500원으로 정말 싼값이었다. 조미료를 안 쓰고, 제주도 흑돼지 뼈를 고아서 국물을 낸다고 자랑처럼 적어 놓았다. 뿌연 국물을 보니 속이 니글거렸지만 다른 선택지가 없었다.

"국수가 맛있고 정말 싸네. 제주 시내에서 장사하면 대박 날 것 같은게. 그런데 무사 이렇게 싸게 받으맨? 8,000원 받아도 될 것 같은데!"

할아버지가 계산을 하면서 이쑤시개로 치아 사이에 낀 고춧가루를 뺐다.

"값이 싸면 손님들이 더 많이 오시겠죠. 그리고 그냥 촌 동네에서 조용히 살고 싶어요."

"젊은 나이에 펜션과 식당까지 갖고 있으니까 성공해신게. 서울에서 내려완?

할아버지가 개인 정보를 꼬치꼬치 물었다. 오지랖 넓은 사람은 어디에나 있었다.

아줌마가 말없이 주방으로 들어갔다. 수다스러운 할아버지가 헛기침을 하면서 밖으로 나갔다.

가게에 우리 형제만 남았다.

"웰컴! 제주도에 왔으면 고기국수를 맛봐야지."

아줌마가 김치 접시를 식탁에 내려놓았다. 잘 익은 김치는 짜지 않고 아삭거렸다.

음식 솜씨가 좋은 엄마가 떠올랐다. 특히 닭강정 만드는 솜씨는 따라올 사람이 없었다.

아줌마는 라디오에서 흘러나오는 노래를 흥얼거렸다. 익숙한 멜로디였다. 스산한 날씨와도 잘 어울렸다. 쫄딱 망한 우리 형제를 위로하는 것 같았다. 노래 탓인지 형이 소주를 달라고 했다.

"운전면허증 있지? 부탁할 일이 있어서 술을 팔 수 없어. 대신

이따 밤에 술과 안주를 줄게."

아줌마가 사이다를 내밀었다.

술 없이 맨정신으로 버티기 힘든 형. 그 마음을 나는 잘 알고 있다.

형이 투자한 신생 기업의 주식이 폭락했다. 알고 보니 작전주였다. 신기술을 개발했다고 소문을 낸 뒤 주가가 올라가자 최대 주주들은 주식을 모조리 팔아 튀어 버렸다. 주식 거래 정지가 돼 형 같은 개미들은 돈을 다 날렸다.

그즈음, 비트코인에 투자했다 실패한 동아리 선배가 스스로 목숨을 끊었다는 소식이 들려왔다. 형도 극단적인 행동을 할 것 같아 불안할 때, 뜬금없이 비행기표 예약 문자가 왔다. 충격적인 사건 때문에 여행 계획을 잊고 있었다. 마음을 정리하러 제주도로 가자고 했더니 형이 고개를 끄덕였다. 부모님은 한가하게 여행을 다닐 운명이 아니었나 보다.

고기국수가 나왔다. 국물에서 뜨거운 김이 올라왔고, 두툼한 고기 다섯 점이 면 위에 올려져 있었다. 서울에서 먹었던 국수와 다르게 면발이 굵고 탱탱해서 식감이 좋았다. 이런 면발은 처음이었다. 고기는 비계와 살코기의 비율이 적당했다. 국수와 고기 모두 김치와 잘 어울려 젓가락을 내려놓을 수 없었다.

국물을 맛볼 차례였다. 누린내가 나지 않고 담백해서 그릇을 들고 들이켰더니 차가웠던 속이 따스해졌다. 형도 국물과 면을 더 달라고 해서 배를 채웠다. 방전됐던 사람이 충전된 것처럼 눈이 반짝거렸다.

국수를 다 먹자, 아줌마가 자동차 열쇠를 흔들었다.

"국숫값은 안 받을 테니까 운전 좀 해 줄 수 있어? 식재료 배달이 불가능하다고 해서 직접 사러 한림항에 가야 하는데, 아저씨는 운전을 못 해. 나는 음주 운전을 했고……."

암울한 인생들끼리 통했는지 형이 열쇠를 받아 쥐더니 낡은 트럭에 올랐다.

아저씨와 아줌마가 운전석 옆 자리에 딱 붙어 앉았다. 남는 자리가 없었다. 숙소에 혼자 있기 싫어서 따라가겠다고 고집을 부렸다.

"나랑 짐칸에 타자. 제주도의 시원한 바람을 맞으면 스트레스가 확 풀려! 근데 위험하고, 법 위반이니 다음에는 타지 마라."

아저씨가 차 밖으로 나와 짐칸에 털썩 앉았다. 나는 그 옆에 앉아 점퍼의 지퍼를 끝까지 올리고 목도리를 둘렀다.

시동이 안 걸리던 트럭이 겨우 출발했다. 워낙 낡은 똥차라 달리다가 바퀴가 빠지기라도 할까 봐 걱정됐다.

차가 산길을 빠르게 달렸다. 사방이 어둑어둑해졌고 멀리서 짐승 울음소리가 들려왔다. 바람이 차가웠지만 든든하게 배를 채워서인지 춥지 않았다.

"왜 운전을 안 하세요?"

"예전에 건축 자재 대리점을 했는데, 새벽에 트럭을 몰고 배달 가다가 빙판에 미끄러져서 죽을 뻔했어. 그 뒤로 운전대를 잡지 못해."

아저씨는 그 충격으로 1년 동안 자동차를 아예 타지도 못했다고 털어놓았다.

"아들 생각하면서 독하게 마음먹고 재활 훈련을 받아 그나마 이렇게 좋아진 거야."

아저씨가 휴대폰을 꺼내 아들 사진을 보여 줬다. 아저씨와 아줌마를 닮아 눈이 컸고, 야무져 보였다.

엄마, 아빠가 떠올랐지만 휴대폰에 저장된 사진을 차마 열어 볼 수 없었다.

얼마 지나지 않아 짙푸른 빛이 매력적인 바다가 보였다. 아저씨가 먼저 소리를 질러 댔다. 아무도 없는 산길이라 나도 힘껏 외쳤다. 그동안 쌓였던 스트레스가 바람을 타고 멀리 날아가는 것 같았다. 서울이었다면 경찰에 붙잡혔을 것이다.

똥차가 한림항 입구에 멈춰 섰다. 아줌마는 모자와 선글라스를 챙겼다. 선글라스 중독자였다. 누가 보면 아줌마는 연예인이고 아저씨는 매니저로 알 것 같다.

바다 비린내, 항구의 시끌벅적한 소리가 싫지 않았다. 출항을 준비하는 작은 배마다 불을 켜 놓았다. 따뜻한 불빛을 보니 집의 온기가 떠올랐다. 형도 차에서 내려 신선한 공기를 마셨다.

아줌마는 시장 입구에 있는 슈퍼에 들러 물건을 골랐다. 그 옆으로 통화를 하며 지나가던 사람이 실수로 아줌마의 어깨를 건드렸다. 아줌마가 갑자기 소리를 지르며 불안한 얼굴로 주변을 살폈다. 부딪친 사람이 더 당황한 얼굴이었다.

아저씨가 약국에 가서 신경 안정제를 사다가 아줌마에게 건넸다.

"이렇게 살다가는 심장 마비로 죽을 것 같아. 빨리 펜션으로 가자."

서둘러 물건을 계산하고 주차장으로 갔다.

생멸치, 고기, 배추를 트럭 뒤에 싣는데 뭔가 이상했다. 가만 살펴보니 차가 조금 찌그러져 있었다. 분명 출발할 때는 멀쩡했다. 차에는 블랙박스가 없었다.

"경찰에 연락해서 주차장 CCTV를 확인해 봐요."

형이 선착장 쪽을 순찰하는 경찰을 부르려고 했다.

"신고할 필요 없어! 어차피 이놈의 똥차는 폐차시켜야 하니까. 얼른 가자!"

아줌마가 목에 핏대를 세웠다.

형이 마지못해 트럭에 올랐다. 나는 아저씨와 짐칸에 나란히 앉았다. 오는 동안 아저씨는 한마디도 하지 않았다.

그렇게 펜션에 도착해 장 본 물건들을 식당으로 옮겼다. 의자에 앉아 텔레비전을 보며 한숨 돌리는데 주방에 있던 아줌마가 슬그머니 나와 형 앞으로 다가왔다.

"아까 화를 내서 미안해. 요즘 갱년기인지 마음이 왔다 갔다 하네. 운전하느라 고생했어."

아줌마가 형에게 소주와 라면 한 봉지, 냉장고에 있던 김치찌개를 내밀었다.

"이 운동화를 신으면 발이 편해? 얼마야?"

아줌마가 내 운동화를 보며 물었다.

"요즘 가장 인기 있는 운동화인데 형이 선물로 사 줬어요. 인터넷으로 주문하면 더 싸게 살 수 있어요."

"우리 아들이 신고 싶어 하는 브랜드야. 생일 선물로 그 운동화를 사려는데, 판매 사이트 좀 알려 줄래? 형제가 서로 챙겨 주니까 든든하겠네. 우리 아들도 형제가 있었으면 좋았을 텐데."

아줌마가 나를 물끄러미 바라보았다.

숙소로 돌아온 형은 거실 바닥에 쭈그려 앉아 술을 마셨다. 안주를 먹어야 덜 취할 것 같아 아줌마한테서 받은 냄비를 인덕션에 올렸다. 불판이 금세 빨갛게 달아올랐다. 친구네 집에서 사용해 본 적 있어서 익숙했다.

욕실에서 샤워를 하고 나오니 형은 끓는 냄비를 식탁으로 옮겨와 찌개를 먹고 있었다.

"넌 꼭 의대에 보내려고 했는데! 동생아, 미안하다. 같이 한잔하자!"

술에 취한 형이 또 횡설수설했다. 듣기 싫어 방에 들어와 침대에 누웠다.

대학에 진학한 뒤, 형은 우리 집이 엄청 가난하다는 것을 알게 됐다. 친구들의 부모 중에는 건물주, 중소기업 사장, 의사, 변호사가 많고 친구들은 방학마다 외국으로 떠났다. 여권이 없는 사람은 형이 유일했다. 열심히 공부했지만 과외와 아르바이트를 하느라 성적이 떨어져 장학금을 놓친 형. 할 수 있는 일은 주식 투자밖에 없었다.

난방이 잘 되는 방에 누웠더니 몸이 노곤해 하품이 계속 나왔다. 깜빡 잠이 들었다가 어디에선가 비명이 들려와 눈을 떴다. 시계를 보니 한 시간 정도 잠을 잤다. 다시 거실에서 비명이 들려왔다. 형의 목소리였다. 정신을 차리고 거실로 나갔다.

인덕션 뒤쪽 벽에 불이 붙어 시커먼 연기가 피어오르고 있었다. 매캐한 연기에 눈이 아팠다. 얼른 현관에 있는 소화기를 가져와 불길을 잡았다. 한쪽 벽이 완전히 타 버렸고, 인덕션은 망가져 버렸다. 형은 미친 사람처럼 웃더니 라면 봉지를 인덕션에 올려놓는 순간 불이 붙었다고 중얼거렸다. 김치찌개를 데운 뒤 인덕션 전원을 끄지 않아 몇 시간 동안 계속해서 가열되고 있었던 모양이다. 불운은 제주도까지 쫓아왔다.

잠시 뒤 아저씨가 문을 열고 들어왔다.

"경찰에 신고해 주세요. 감방에 가고 싶어요! 어차피 꼬인 인생, 더 이상 망칠 것도 없어요."

형이 히죽히죽 웃었다.

아저씨와 함께 형을 붙잡고 밖으로 나왔다. 나는 우리 형제에게 닥친 불행을 이야기했다. 부모님과 함께 여행을 오려고 큰 방을 예약했다는 말에 아저씨의 눈빛이 흔들렸다.

"인덕션을 새로 설치하고 벽을 수리하려면 적어도 100만 원 이상 필요하지. 너희가 며칠 동안 과수원에서 감귤을 따면 돈을 벌 수 있어. 그렇게 해서 갚아!"

아저씨는 변상하겠다는 각서를 쓰고 지장을 찍으라고 했다. 신분증과 휴대폰도 맡겼다.

우리는 펜션 2층 방으로 짐을 옮겼다. 침대 여러 개가 놓여 있는 비좁은 방이었지만 부엌이 없어서 마음이 놓였다.

술에 취한 형은 혼잣말을 하다가 곧 잠이 들었다. 나는 잠이 오지 않아 밖으로 나갔다. 달빛이 환했다.

마침 국숫집에 불이 켜져 있었다. 문을 열고 들어갔다.

아줌마는 한가하게 음식을 만들고 있었다. 식탁에는 조리사 자격증이라고 적힌 책이 여러 권 쌓여 있었다.

"왜 형한테 김치찌개랑 술을 줬어요? 하마터면 큰불이 날 뻔했어요."

"사람이 다치거나 죽은 거 아니니까 호들갑 떨지 마. 살다 보면 그것보다 더 큰일도 많아."

아줌마는 휴대폰으로 동영상 강의를 들으며 고등어를 손질했다. 조리사 자격증을 따려고 새벽까지 공부하던 엄마가 생각났다.

●　●　●

"늦었어. 혼저 밥 먹으라!"

아저씨가 방문을 세게 두드렸다. '혼저'는 '빨리'라는 뜻의 제주 사투리로, 문을 혼저 열지 않으면 박살 낼 것 같았다. 손님에서 노비로 신세가 바뀌어 버렸다.

새벽 5시 30분이었다. 오랜만에 푹 잔 형은 얼굴에 생기가 돌았다.

점퍼를 입고 식당으로 내려갔다. 식탁에는 김이 피어오르는 밥, 제육볶음, 고등어조림, 된장국이 있었다. 최후의 만찬 같았다.

"고등어조림 어때? 비린내를 잡으려고 나만의 방식으로 했어."

아줌마가 의자에 앉으며 하품을 했다. 한숨도 자지 않고 음식 공부를 한 것 같았다.

고등어조림을 맛보았다. 생선 비린내가 나지 않았고, 큼지막하게 썬 무도 적당히 익어 식감이 좋았다. 어젯밤에 술을 마신 형은 국에 밥을 말아 조금 먹다가 수저를 내려놓았다.

"저녁에는 닭강정을 해 줄 테니 기대해! 아차, 오후에 반가운 손님이 올 거야."

아줌마의 목소리에 힘이 들어갔다.

"반가운 손님요? 누구예요? 연예인이 예약했어요?"

아줌마는 미소를 지을 뿐 말을 하지 않았다.

"우리 엄마도 닭강정을 잘 만들어요. 매콤하면서도 달지 않은 그 소스를 따라올 사람이 없죠."

형은 입맛을 다시며 닭강정을 안주 삼아 부모님과 술 한잔했던 일을 자랑하듯 말했다.

"우리 아들도 닭강정을 좋아했는데, 해 줄 수가 없어."

아줌마 얼굴 위로 어둠이 내려앉았다.

경운기 소리가 들려왔다. 자는 사람들을 다 깨울 정도로 소리가 컸다. 모닝콜이 필요 없는 마을이었다.

밖은 아직 어두웠고, 어제보다 더 바람이 차가웠다. 경운기에 타고 있는 할머니들은 두꺼운 점퍼를 입고 얼굴과 머리를 두툼한 목도리로 감싸서 눈동자만 보였다. 히말라야로 등반하러 가는 옷차림이었다.

나는 할머니들 틈에 쭈그려 앉았고, 형은 경운기 구석에서 담배를 피워 댔다.

"야 이놈아! 돈이 썩엄시냐! 왜 몸에 좋지도 않은 담배를 태워!"

할머니들은 학교 학생부장보다 더 매섭게 눈을 흘겼다.

아저씨와 아줌마가 할머니들한테 인사를 했다.

"저 부부는 참 부지런해. 일도 잘 도와주고, 음식을 만들어서 나눠 주고."

할머니들이 칭찬하는 사이 경운기가 출발했다. 운전은 가장 젊은 할머니 몫이었다.

아스팔트 도로 위를 달리던 경운기가 자갈길로 들어섰다. 승차감이 빵점이라서 허리와 엉덩이가 아파 비명이 나왔다. 할머니들은 흔들림에 몸을 맡긴 채 수다를 떨었다. 연륜의 힘일까?

과수원에 도착했다. 나무마다 노란 귤이 주렁주렁 열려 있었고 상큼한 향기가 풍겨 왔다.

눈빛이 매서운 할머니가 우리 형제에게 특별 과외를 시작했다. 할머니들이 귤을 따서 상자에 담으면 그걸 창고로 옮기는 것이 우리가 할 일이었다. 할머니들은 트로트 음악에 맞춰 국민 체조를 하고서는 바로 일을 시작했다.

그사이 옅은 잉크빛 어둠을 뚫고 눈부신 햇빛이 보였다.

쉬지 않고 움직이는 할머니들은 일하는 기계들이었다.

금방 상자에 귤이 가득 찼다. 상자를 들고 몇 걸음 걸었더니 팔이 빠질 것 같았고, 바닥에 돌멩이가 많아 걷기 힘들었다. 귤들이 나를 비웃는 것 같았다. 원수가 따로 없었다.

밥을 제대로 먹지 않아 힘이 빠진 형은 결국 넘어졌다. 귤이 사방으로 굴러떨어졌다.

"중학생들도 상자를 척척 드는데 청년이 제대로 못 햄서! 일당 주지 말게!"

할머니들이 고함을 질렀다.

80세라는 나이가 믿기지 않을 만큼 목소리에 힘이 넘쳤다. 로커가 될 자질이 충분했다.

할머니들의 감시를 피해 창고 안에 숨었다. 형이 커피믹스 두 봉지를 컵에 넣고 물을 부었다. 진한 커피를 마셨더니 몸이 뜨거워졌다. 부모님이 왜 커피믹스 중독자가 됐는지 알 것 같다.

"몸은 힘들지만 아무 생각도 안 들어서 좋아."

형의 목소리에서 힘이 느껴졌다.

커피를 마시고 나오려는데 빨간 목도리를 두른 할머니가 창고로 들어와 물을 찾았다. 할머니 이마에 땀이 맺혀 있고, 입술은 파랬다.

"어디 편찮으세요?"

"아침에 밥을 급하게 먹어신디 체한 모양인게. 가슴이 답답헌데 좀 쉬면 좋아질 거야."

할머니가 물을 마시고는 바닥에 주저앉아 가슴을 두드렸다.

밖에서 어서 나와 일하라는 소리가 들려왔다. 할머니가 먼저 나가라고 손짓했다. 최소한의 휴식 시간도 보장이 안 되는, 노동법을 준수하지 않는 일터였다.

운반 로봇처럼 다시 감귤 상자를 날랐다. 팔이 빠질 것 같더니 시간이 지나자 팔은 무감각해지고 어깨가 쑤셨다. 공사장에서 돌아온 아빠가 왜 온몸에 파스를 붙이는지 알 것 같다.

이렇게 온종일 일해도 일당은 고작 10만 원이었다. 언제 부자가 될 수 있을까? 이래서 주식 투자가 필요한 것이다.

"근데 성님 어디간?"

사람들이 빨간 목도리 할머니를 찾았다. 아무리 둘러봐도 할머니가 보이지 않아 창고로 달려갔다.

할머니가 가슴을 움켜쥐고 바닥에 쓰러져 있었다. 형이 할머니의 휴대폰으로 119에 연락했지만 아무리 빨라도 20분 이상 걸린다고 했다. 읍내 소방서와 한참 떨어져 있고, 가장 빠른 길에 눈이 쌓여 속도를 낼 수 없는 상황이었다.

형이 아저씨에게 전화했다.

"아줌마한테 트럭을 몰고 오라고 전해 주세요."

형은 다급한 상황에서도 차분했다. 그런데 안타깝게도 아줌마는 시내로 외출 중이었다.

할머니의 숨이 점점 더 거칠어졌다. 형은 다시 119에 전화를 걸었다. 구급차가 출발했다면서 응급 처치 방법을 알려 줬다. 다른 할머니들이 나무를 주워다가 불을 피웠다.

잠시 뒤 자동차 소리가 들리는 것 같아 뛰어나갔다. 트럭이 창고 앞에 멈췄다. 운전자는 아저씨였다. 얼굴에 땀이 흥건했고, 손을 부들부들 떨고 있었다. 식당에서 과수원까지는 자동차로 5분 거리지만, 아저씨한테는 얼마나 멀고 험난한 길이었을까?

고맙다고 인사할 겨를도 없이 형이 트럭에 올라 운전대를 잡았다. 나는 할머니를 부축해서 차에 올랐다.

"나도 가야 마음이 놓일 것 같아. 트럭 뒤에 탈 테니 어서 출발해! 급한 상황이니까 경찰도 봐줄 거야."

아저씨가 숨을 몰아쉬며 트럭 짐칸에 올라탔다.

트럭은 과수원을 빠져나와 큰길을 달렸다. 할머니는 더 고통스러워했다. 응급 처치는 효과가 없었다.

119에 전화를 해서 상황을 전했다. 시내로 들어서면 차가 막혀 트럭으로는 병원에 빨리 갈 수 없다고 했다. 시내에 있는 소방서의 구급차로 옮겨 탈 수 있도록 협조를 구했다.

할머니의 얼굴빛이 점점 푸르스름해졌고 호흡이 가빠졌다. 핸들을 잡은 형의 손도 떨렸다. 그래도 뒤에 아저씨가 타고 있어서 마음이 놓였다.

시내로 접어들었다. 차가 너무 많아 꼼짝도 할 수 없었다. 소방서로 연락해 위치를 설명했더니 우리 쪽에 곧 도착할 수 있다고 했다.

"할머니, 조금만 참으세요!"

또 몇 분이 흘렀다.

다행히 구급차 소리가 들려왔고 자동차들이 길을 비켜 줬다.

구급차가 트럭 옆에 멈췄다. 할머니를 구급차에 태우고, 나와 아저씨가 환자 보호자로 동행했다. 형은 트럭을 몰고 병원으로 오기로 했다.

"아저씨, 위급한 상황이라 이번에는 봐 드리지만 다음부터는 절대 트럭 뒤에 타면 안 됩니다. 큰 사고가 날 수 있어요."

소방관이 말했다.

사이렌을 울리며 구급차가 달렸다. 자동차들이 양보를 해 줘서 곧 병원에 도착할 수 있었다. 소방대원과 간호사 들이 할머니를 모시고 응급실로 들어갔다.

"추운 겨울철에 혈액 순환이 잘 안돼서 심장에 무리가 갔어요."

할머니는 바로 수술실로 들어갔다.

이어서 형이 응급실로 들어왔다. 상황을 이야기해 줬더니 형은 안도의 한숨을 쉬며 바닥에 주저앉았다. 정신을 차리고 주변을 둘러보았다. 환자들이 의사와 간호사를 애타게 찾았고, 그사이에 또 새로운 환자가 실려 왔다.

아저씨가 자판기에서 콜라를 뽑아 와 건넸다.

"교통사고로 병원에 입원했던 때가 떠오르네."

아저씨는 콜라를 단숨에 들이켜고는 이야기를 이어 갔다.

트럭이 눈길에 미끄러지는 바람에 크게 다쳐 병원에 실려 왔는데, 눈을 떠 보니 책가방을 멘 아들이 보였다고 했다. 평소에는 몰랐는데 그날따라 그 가방이 너무 낡아 보였단다. 빨리 건강을 회복해서 좋은 가방을 사 줘야겠다고 다짐하고 열심히 치료를 받은 아저씨. 그때가 떠오르는지 아저씨의 눈가가 붉어졌다.

"어떻게 해서 제주도에 오셨어요?"

형은 아저씨에게 궁금한 것이 많았다.

"연속해서 안 좋은 일이 터지니 견디기 힘들었어."

병원비를 갚으려고 열심히 일했지만 물건값을 주지 않고 도망친 건설업자가 여럿이라서 결국 사업이 망했다고 했다. 믿었던 사람들한테 배신당하고 살 의욕을 잃어버린 아저씨 내외는 초등학생 아들을 외할머니한테 맡기고 도망치듯 제주도로 온 것이었다.

형이 아저씨의 손을 꼭 붙잡았다.

"제주도로 야반도주했을 때, 배가 너무 고팠는데 마침 값이 싼

국숫집이 있어 들어갔지. 주인 할머니가 고기가 가득 든 곱빼기를 줬는데, 그 맛을 잊지 못한 아내가 그 할머니를 설득해서 요리법을 배웠어. 그 할머니가 우리의 은인이었지. 어려운 우리 형편을 듣고서 이 펜션을 소개해 주기까지 해서 밥을 굶지 않고 살고 있지."

아저씨는 외국에 나간 주인을 대신해 펜션을 관리하고, 아줌마는 국수를 팔고 있었다.

"힘든 사람이 그 국수를 먹고 힘냈으면 해서 정성스럽게 만들고 값도 싸게 받아."

뜨거운 국물이 생각나 침이 넘어갔다.

"생각해 보니 국수가 인연의 끈 같아요. 우리도 국수를 먹다가 아줌마, 아저씨와 연결이 되었으니까요. 전화위복이라는 말을 처음으로 믿기로 했어요. 어젯밤에 불이 안 났으면 저는 지금도 방에 틀어박혀 소주나 마시고 있었을 거예요."

형이 콜라를 마시며 시원하게 웃었다. 이렇게 형이 환하게 웃는 모습은 정말 오랜만이었다. 그때, 흰머리가 인상적인 한 아저씨가 다가왔다.

"어머니를 병원에 모셔다 주셔서 고맙수다. 도와줄 일이 있으면 언제든 연락협서!"

할머니의 가족이 왔으니 우리는 이제 과수원으로 돌아가기로 했다. 트럭을 타고 병원을 빠져나왔다.

"저녁에 오는 반가운 손님이 궁금하지? 기대해!"

"누구예요?"

형이 물었지만 아저씨는 웃기만 했다.

라디오에서 정오를 알렸다. 기다렸다는 듯이 누군가의 배에서 꼬르륵 소리가 났다. 할머니들이 준비한 점심을 먹기 위해 형이 속도를 냈다.

차가 경찰서 앞 횡단보도에 멈췄다. 제주도 거리에는 동남아에서나 볼 수 있을 나무들이 많았다. 낯선 풍경에 감탄하며 창밖을 두리번거리는데 낯익은 얼굴이 보였다.

검은 비닐봉지를 든 아줌마가 경찰서로 들어가다가 다시 나왔다. 선글라스도 끼지 않았다. 아저씨도 아줌마를 보았다.

"나 좀 내려 줘."

아저씨가 다급하게 소리를 질렀다. 형이 길가에 차를 세웠다.

트럭에서 내린 아저씨가 아줌마한테 달려갔다. 무슨 일인지 궁금했지만 뒤차들이 경적을 울려 대 직진할 수밖에 없었다.

돌아갈 때는 차가 막히지 않아 금세 과수원에 도착했다. 할머니들이 창고에서 휴대용 가스레인지로 국수를 끓이고 고기를 삶고 있었다. 밥솥에서는 김이 끓어올라 창고 안이 따뜻했다.

"이 청년들이 없었으면 큰일 날 뻔했주! 좋은 사람을 소개해 준 박 씨도 고맙지."

할머니들이 하도 칭찬해서 얼굴을 들 수 없었다.

고기국수가 나왔다. 어제도 먹었더니 손이 가지 않았다.

"밥 말아 먹으라! 일 허젠허믄 든든하게 먹어야주. 남기지 말고 다 먹으라."

할머니가 그릇에 밥을 가득 담아 줬다. 남기면 일당을 주지 않겠다고 협박할 것 같았다.

식사를 마치고 다시 일을 시작했다. 이제는 요령이 생겨서 귤을 떨어트리지 않고도 수레를 잘 끌 수 있었다. 형도 상자를 번쩍 들어 차곡차곡 쌓았다.

"형제가 이렇게 일을 잘하니 부모는 얼마나 든든할까!"

반장 할머니가 칭찬을 했다. 형이 얼굴을 붉혔다.

오후 5시가 지나자 해가 지기 시작하더니 바람이 차가워졌다. 잠시 뒤 과수원으로 큰 트럭이 들어와 귤 상자를 싣고 떠났다.

드디어 일이 끝났다. 첫 알바였다. 태어나서 처음으로 돈을 벌었다. 휴대폰을 펜션에 압수당한 터라 할머니의 휴대폰을 빌려 과수원을 배경으로 형과 사진을 찍었다.

펜션으로 돌아오니 우리가 썼던 1층 방에서 인덕션을 뜯고 벽을 고치느라 부산스러웠다. 아저씨가 일을 거들었다. 2층으로 올라가 샤워를 한 뒤 식당에 갔다.

"오늘 장한 일 했다며? 내가 쓸데없이 시내에 나가지 않았다면 운전했을 텐데."

아줌마가 저녁 식사를 준비하고 있었다.

"경찰서에는 왜 가셨어요?"

"닭 사러 갔다가……."

아줌마는 닭을 손질했다. 저녁 메뉴는 닭강정이었다. 엄마의 솜씨가 떠올라 입안에 침이 고였다.

아저씨가 들어와 물을 마셨다.

"반가운 손님은 언제 와요?"

형이 물었다.

"낮에 바빠서 통화를 못 했어. 연락해 봐야겠네."

아저씨가 휴대폰을 들고 식당 밖으로 나갔다.

텔레비전에서 주식 관련 뉴스가 들려왔다. 형이 텔레비전을 꺼 버렸다. 식당 안은 고요해졌고, 칼질 소리만 경쾌하게 들려왔다. 창밖을 보니 큰길로 버스가 지나갔다. 어제 숙소로 올 때가 떠올랐다. 하루 사이에 참 많은 일이 있었다.

마침 자동차 한 대가 뿌연 먼지를 일으키며 주차장으로 들어왔다. 반가운 손님이 온 것 같아 밖으로 달려 나갔다. 아줌마는 버릇처럼 선글라스를 챙겼다.

자동차에서 덩치 큰 남자 두 명이 내리더니 주변을 매섭게 살폈다. 두 사람은 빠른 걸음으로 식당 안에 들어왔다. 식사하러 온 손님 같지는 않았다.

머리를 짧게 자른 남자가 안을 살폈고, 아줌마와 눈이 마주쳤다.

"김선미 씨 되시죠? 경찰서에서 왔습니다. 사기 혐의로 지명 수배되었습니다. 지금부터 묵비권을 행사할 수 있고……."

경찰이 아줌마의 오른팔을 잡았다. 주머니 밖으로 반쯤 나온 은색 수갑이 차가워 보였다.

"도망치지 않을 테니 수갑은 채우지 마세요. 아들 같은 청년들이 보고 있어요."

아줌마가 선글라스 벗어 쓰레기통에 버렸다.

잠시 뒤 아저씨가 식당 안으로 들어왔고 바로 상황을 파악했다.

"저를 잡아가요. 이 사람은 남편 잘못 만나서 돈을 빌려 온 죄밖에 없어요."

아저씨가 바닥에 주저앉았다.

"늘 조마조마해서 하루도 편한 날이 없었죠. 청년들을 보니 아들 생각이 나서 오늘 자수하려고 경찰서에 갔는데 용기가 나지 않아 돌아왔어요. 누군가 신고해 줘서 정말 고마워요. 저 형제를 챙기는 부모님을 보니 아들한테 미안하고……."

아줌마가 물기 가득한 목소리로 혼잣말처럼 중얼거렸다.

"빚 갚으려고 돈을 한 푼도 안 쓰고 모았는데, 이 돈으로 변호사를 구할 수 있을까요?"

아저씨가 냉동실에서 흰 수건으로 싼 돈 뭉치를 꺼냈다. 신용 불량자라서 통장을 만들 수도 없어 월급을 냉동실에 숨겨 놓았던 것 같다.

"부탁 하나 할게. 우리 아들한테 그 운동화를 사서 보내 줘. 신발 사이즈는 255야."

아줌마가 돈을 내 주머니에 넣으려다가 바닥에 떨어뜨렸다. 만원짜리 지폐에 먼지가 묻었다.

"형사님, 식사할 시간은 주실 거죠? 가장 빨리 먹을 수 있는 게 고기국수밖에 없네요."

아줌마가 주방으로 들어가다 문턱에 걸려 넘어졌다. 경찰들은 눈짓을 주고받더니 앞문과 뒷문을 지켰다.

휴대폰이 울렸다. 댄스 음악 벨소리가 이 상황과 너무 안 어울렸다. 내 휴대폰에서 나는 소리였다. 아저씨가 휴대폰을 내밀었다.

"오늘 감귤은 잘 땄어? 일해 보니 어때?"

엄마 목소리를 들으니 코끝이 찡해 말이 잘 나오지 않았다.

아저씨가 어젯밤 엄마에게 전화를 해서 모든 상황을 다 이야기했다고 한다.

"오늘 제주도에 가려고 했는데 식당 일이 바빠서 못 갔지만 곧 아빠랑 같이 갈게. 일하느라 고생했을 테니 아줌마한테 맛있는 닭강정 만들어 주라고 부탁했어."

엄마는 손님이 왔다며 전화를 끊었다.

"닭강정은 엄마한테 만들어 달라고 부탁해. 언젠가는 나도 아들한테 맛있는 닭강정을 만들어 줄 수 있겠지? 교도소에서도 조리사 자격증을 준비할 수 있죠? 형사님, 창문도 막아 주세요. 문을 열고 도망치고 싶은데 지금 참고 있어요."

아줌마가 씁쓸하게 웃었다. 그 부탁에 아무도 대답하지 못했다.

가스레인지 위에서 고기국수 육수가 끓기 시작했다.

팰리스의
줄리엣

1

"이름이 뭐죠? 나이는?"

의사가 내 눈을 똑바로 바라보았다.

"마이 네임 이즈 줄리엣! 아임 세븐틴 이어즈 올드. 외고에 다녀요. 포린 랭귀지 하이스쿨! 집은 강남 논현동 스카이팰리스 33층. 오 마이 갓, 팰리스! 팰리스!"

나는 팰리스라고 말하며 몸서리를 쳤다. 그러자 옆에 앉아 있던 아줌마가 내 손을 꼭 잡았다.

"부모님은 무슨 일을 하시죠?"

"맘 이즈 어 덴티스트, 대디 이즈 어 로스쿨 프로페서. 그랜마 이즈 어 랜드로더! 건물주! 유 노 건물주? 근데, 선생님은 영어 못하세요? 저는 아빠가 미국 대학에 교환 교수로 갈 때 같이 가서 2년을 살았어요."

영어 발음을 더 잘하려고 노력했다. 미국에서 10년 동안 살다 온 반장이 내 발음이 어색하다며 여러 번 지적했다.

"저는 외국에서 살다 온 경험이 없어서 영어를 못해요. 줄리엣한테 영어 배우면 좋겠네요. 요즘 어떻게 지내요?"

선생님의 표정과 말투가 따스해 편하게 이야기를 시작했다.

● ● ●

"줄리엣, 일어나. 학교에 늦겠어!"

아줌마가 방문을 열고 목소리를 높였다. 올 초부터 일하는 도우미 아줌마인데 아침 7시에 와서 나를 챙기고 살림을 도맡아 한다. 일을 꼼꼼하게 잘하고 음식 솜씨도 좋아서 엄마가 월급을 올려 줬다.

줄리엣은 미국에 살 때의 이름이고, 한국 이름은 현아다.

하품을 하며 일어나 시간을 확인했다. 등교하기까지 여유가 있어서 창밖을 보며 스트레칭을 했다. 지난주, 중간고사 준비를 하느라 의자에 오래 앉아 있어서 어깨가 뭉치고 허리도 아팠다.

큰 창문으로 눈부신 햇살이 들어왔다. 주상 복합 스카이팰리스 33층에서는 한강, 강남 도심, 멀리 청계산까지 보인다. 산 정상은 벌써 단풍이 들기 시작했다. 작년까지 살았던 성북동 단독 주택은 정원이 무척 넓었지만 북한산이 시야를 가로막고 있어서 답답했다. 등산을 좋아하는 외할머니는 그 집을 떠나지 않겠다고 고집을 부려 혼자 살고 있다.

스트레칭을 끝내고 거실로 나갔다.

"아빠는 출근했어요?"

"교수님은 새벽에 운동하고 곧장 학교로 가신대."

로스쿨 교수인 아빠는 일찍 출근하고 늦게 퇴근했다. 올해는 해외 세미나, 지방 특강에 참석하느라 집을 비우기 일쑤였다. 자기 같은 흙수저 출신에게 가장 큰 재산은 노력뿐이라고 아빠는 내게 입버릇처럼 말했다.

치과 의사인 엄마는 미국 뉴욕에서 열리는 치아 교정 세미나에 가서 이틀 뒤에 돌아온다.

소파에 앉아 테이블 위에 놓인 신문을 집었다. 외국 대학에 가려면 에세이 쓰기가 가장 중요한데, 그걸 잘하려면 신문 읽기가 필수다. 소설도 꾸준하게 읽는다. 여름 방학에는 학교에서 열린 유명 소설가 특강을 들었다. 베스트셀러 작가라서 돈도 많이 벌고 사회적인 영향력도 대단했다. 생각보다 멋있는 직업이었다. 그때부터 소설에 관심이 생겨 청소년 문학 공모에 처음 쓴 소설을 응모했다. 당선되면 대학교 입시에서 가산점도 받을 수 있다.

아줌마가 준 당근 주스를 마시면서 텔레비전을 켜고 며칠 전에 아빠가 출연한 시사 대담 프로그램을 보았다. 주제는 사법 고시 존치 여부. 아빠는 로스쿨 입학이 어려운 사람들을 위해 사법 고시를 부활시켜야 한다고 주장했다.

이 방송을 엄마가 봤다면 사법 고시를 폐지해서 로스쿨 졸업자만 법조인이 될 수 있게 해야 한다고 목소리를 높였을 것이다. 엄마는 가난한 집 출신 어중이떠중이들이 권력을 갖고 큰소리치는 것을 싫어했다.

"교수님, 피부가 엄청 밝아지셨어. 요즘은 정장 대신 청바지랑 티셔츠를 자주 입으셔서 훨씬 젊어 보여. 대학원생 같아."

아줌마가 텔레비전을 보며 블라우스를 다렸다.

아빠는 방송 출연을 핑계 삼아 피부과 시술을 받았다. 주름, 잡티가 많아서 아무리 관리를 받아도 확 좋아지지는 않았다. 엄마는 피부와 치아가 경제력을 보여 준다고 했다. 그 두 가지는 돈을 써서 관리해야 좋아지기 때문이다.

아빠는 산골 가난한 집에서 태어나 혼자 힘으로 노력해 법대를 졸업했고, 사법 고시 합격 후 중매로 엄마와 결혼했다. 외할머니 소유의 강남 10층짜리 빌딩에서 엄마는 교정 전문 치과를 한다. 부정 교합, 주걱턱을 치아 교정만으로도 치료가 가능해서 손님이 몰린다.

아줌마가 식탁에 과일과 샌드위치를 올려놓았다.

키위를 먹으며 신문 경제면을 읽었다. 먼저 주식 흐름을 파악했다. 주식이 있어야 경제에 관심을 갖는다며 외할머니가 대기업 주식 1,000주를 증여해 줬다. 물론 세금은 다 냈다. 아빠가 훗날 장관이 될지도 모르는데 푼돈을 아끼다가 인사 청문회에서 발목 잡힐 수 있다며 정확히 신고를 했다.

"줄리엣, 곧 김 기사 도착한대. 얼른 준비해."

아줌마가 잘 다려진 하얀 블라우스를 내밀었다.

주차장에 도착했다는 김 기사 오빠의 문자를 받고 방을 나서려는데 침대 밑에 떨어져 있는 핑크색 작은 가방이 눈에 들어왔다. 아빠가 지난달 해외 세미나에 다녀오면서 면세점에서 사 온 것이었지만 색깔이 마음에 들지 않았다. 학교에 한 번 들고 갔더니 아이들이 초등학생 가방 같다고 놀렸다.

아줌마의 중학교 3학년 딸이 떠올랐다. 이름이 민정이었다. 아빠는 일찍 돌아가시고 엄마와 반지하 집에 살고 있었다. 두 번 본 적이 있는데, 치아가 점점 더 삐뚤어져서 교정을 해야 될 것 같았다. 아줌마가 성실하게 일하면 엄마가 공짜로 해 줄 것이다.

"이모, 민정이가 이런 가방 좋아할까요?"

"민정이한테 비싼 가방을 주면 사모님이 뭐라고 안 하실까?"

가방을 받은 아줌마의 얼굴이 환해졌다.

"엄마도 이 가방이 저랑 안 어울린다고 했어요."

엄마는 주변 사람들한테 가끔씩 선물을 건네야 그들을 내 편으로 만들 수 있다고 말했다. 집에서 일어나는 일을 다른 데 가서 떠벌리면 안 되니까.

2

"학교생활은 어때? 친구들은 많아?"

의사 선생님은 궁금한 것이 참 많았다.

"외고에서도 성적이 좋고, 나름 예뻐서 인기가 많아요. 남자애들한테 고백도 많이 받았지만 공부에 집중하려고 다 거절했죠. 미국 하버드대나 예일대에 가고 싶어요. 한국은 답답해요."

옆에서 아줌마는 한숨을 내쉬며 창밖을 내다보았다.

● ● ●

주차장에 내려갔다. 김 기사 오빠가 손을 흔들었다.

오빠는 키가 185센티미터가 넘어서 그 옆에 서면 내가 아주 작아 보인다. 얼굴도 잘생기고 근육으로 다져진 몸이라 여자들한테 인기가 많은 것 같다. 고등학생 때 길거리 캐스팅 경험도 있다고 자랑했다. 다만 너무 무식해서 말이 안 통한다.

"이 향수, 트레비엥 넘버5 아니야? 전 여친이 좋아했던 향이야."

오빠가 뒷좌석 문을 열어 주었다.

"어제 술 마셨어요? 음주 운전 아니죠?"

뒷좌석에 앉아 차 문을 닫자마자 창문을 내렸다.

"후배가 군대에 간다고 해서 조금 마셨는데 다 깼어. 앞으로 조심할게."

오빠는 엄마네 치과에서 사무 보조로 일하다가 내가 외고에 입학한 뒤부터 우리 집 차를 운전한다.

오빠가 계속 말을 시켰다. 이어폰을 끼고 휴대폰의 영어 회화 어플을 열었다. 미국에서 살다 온 반장의 영어 실력을 따라잡기가 힘들었다. 걘 원어민 선생님만큼 영어를 잘했다.

20분 뒤, 차가 학교 근처에 멈춰 섰다. 운전기사가 태워다 주는 것을 아이들이 알면 금수저라고 비아냥거릴 테니 학교와는 조금 떨어진 곳에서 내렸다.

"현아야, 운전한 사람 누구야? 완전 훈남이야!"

지나가던 같은 반 아이가 운전석을 계속 힐끔거렸다.

"사촌 오빠! 백수라서 아침마다 태워다 줘."

아침 조회 시간이었다. 선생님이 중간고사 결과를 발표했다.

영어 1등은 반장이었다. 수학과 국어 점수는 내가 조금 더 높았지만 평균은 비슷했다.

"반장이 한국대학교 문예 공모에서 우수상을 받았어. 글쓰기도 잘하네."

선생님이 반장을 치켜세웠다. 대학 입시에서 가산점을 받을 수 있는 공모전이었다. 나도 첫 소설을 응모했지만 탈락했다.

아이들이 반장 곁으로 몰려가 축하 인사를 건넸고, 반장은 저녁에 햄버거를 쏘겠다며 으스댔다. 반장은 아버지가 신문사 편집장이라서 글을 잘 쓰는 것 같다. 그리고 미국에서 살다 왔으니 초등학생 때부터 에세이 쓰기를 많이 해서 글쓰기 훈련이 되어 있을 것이다.

선생님이 교실 뒤편 게시판에 소설 공모전 안내문을 붙여 놓았다. 지나가는 척하면서 슬쩍 봤는데, 대학 입시 가산점을 주는 권위 있는 공모전이었다. 외국 대학 진학이 어려우면 한국에 있는 명문대에 가야 하니 가산점도 미리 챙겨 놓아야 한다. 그래서 틈틈이 봉사 활동도 하고, 인터넷 블로그에 '청소년과 법'이라는 주제로 게시물도 꾸준하게 올리고 있다. 엄마는 그 글을 모아 내년에 작은 출판사에서 책으로 출간하겠다고 했다. 고등학생이 쓴 인문학 교양서라고 홍보하면 신문에도 보도되고, 대학 진학에 도움이 될 것이다. 물론 출간비는 엄마가 내 줄 것이다.

주변에 아무도 없을 때 공모전 안내문을 휴대폰 카메라로 찍어 두었다.

수업이 끝났다. 늦은 오후가 되니 미세 먼지가 더 심했다.

아이들은 반장과 함께 햄버거 가게로 몰려갔다. 나는 바쁘다는 핑계를 대고 서둘러 골목으로 갔다. 세차를 하고 왔는지 검은색 벤츠가 유난히 반짝였다.

청재킷을 입은 오빠는 얼핏 대학교 신입생처럼 보였다. 피부가 칙칙한 사람이 청색 옷을 입으면 30년 전에 찍은 빛바랜 사진에서 튀어나온 것 같아 보일 수 있지만 오빠는 청재킷 모델처럼 보였다.

"우리 반 애가 오빠 멋지대요."

뒷좌석에 앉아 휴대폰을 꺼내 아까 찍어 둔 공모전 안내문을 살펴보았다.

"이참에 외고 애들 사귀어 볼까? 나는 위아래로 열 살까지 가능하거든."

오빠는 대학생 때 얼마나 인기가 많았는지를 자랑하기 시작했다.

명상 어플을 열고 이어폰을 귀에 꽂았다. 새소리를 들으니 마음이 가라앉았다.

집에 도착하자마자 방으로 들어와 공모전 안내문을 출력한 뒤 책상 앞에 붙여 놓았다.

그때, 노크 소리가 들렸다. 아줌마가 간식을 가져왔다.

"소설 공모전 준비해? 우리 민정이가 소설을 잘 써서 고등학생들을 제치고 전국 대회 상도 많이 받았어."

아줌마는 민정이 이야기를 할 때면 눈을 반짝거렸다.

"재능이 있나 봐요. 민정이 소설을 보고 싶어요. 아차, 이 책들 민정이 주세요."

중학교 졸업 이후 본 적 없는 참고서와 문제집을 종이 가방에 담아 아줌마에게 건넸다.

올 초에 준 문제집으로 열심히 공부한 민정이는 성적이 전교 상위권까지 올랐단다. 물론 낙후된 동네 중학교라서 마음만 먹으면 성적 올리기가 그리 어렵지는 않을 것이다.

"이렇게 많이 줘도 돼?"

아줌마는 흐뭇한 얼굴로 참고서를 챙겼다.

부엌에서 저녁 식사를 하는 김 기사 오빠에게 책이 무거우니 아줌마를 집까지 태워 달라고 부탁했다.

자정이 될 무렵이었다. 중간고사 오답 정리를 하는데 민정이한 테서 메일이 왔다.

언니, 선물 정말 고마워요! 언니는 제 롤 모델이에요. 얼굴도 예 쁘고 키도 크고 성적도 좋잖아요. 언니가 준 문제집으로 열심히 공부해서 이번에 전교 5등 안에 들었어요. 반지하에 살고 아버 지도 안 계셔서 늘 주눅이 들었는데, 성적이 오르니까 자신감이 생겼어요. 언니가 준 좋은 옷, 가방, 신발 덕분에 학교에서 완전 인기짱이에요. 부끄럽지만 소설 두 편 보낼게요. 공부에 집중을 못 할 때마다 조금씩 끄적거리거든요.

민정이의 소설을 읽어 보았다. 한 편은 청소년 문학상 수상작이 고, 최근에 썼다는 다른 한 편은 〈반지하 로맨스〉라는 제목의 작품 이었다.

〈반지하 로맨스〉는 낡은 빌라 반지하에서 쥐, 바퀴벌레를 잡으 려다 벌어지는 소동인데 무겁지 않고 유쾌하게 그려 냈다. 빈부 격 차와 우리 사회의 계급 문제까지 잘 담고 있었다. 다만 가난의 문 제를 사회 구조 탓이라고 한 부분이 거슬렸다. 부자들도 부와 권력 을 지키고자 누구보다 더 노력하는데 민정이는 그 모습을 본 적이 없을 것이다. 우리 엄마만 해도 쉬지 않고 일해서 작은 교정 전문 치과를 유명 병원으로 키웠고, 집에 와서도 새벽까지 공부하는걸.

민정이가 쓴 소설은 장점이 많았다. 자존심 세고 뭐든 열심히 하는 똑순이 캐릭터가 인상적이었다. 아줌마한테 들은 민정이의 성격과 닮았다. 눅눅한 벽으로 바퀴벌레가 기어 다니는 모습을 너무 사실적으로 묘사해 읽으면서 몸서리를 쳤다. 반지하에서의 삶도 엿볼 수 있었다. 반지하는 장마 때마다 창문으로 물이 들어왔고, 밖에서 누군가 창문 틈새로 집 안을 훔쳐보기도 했다. 내가 모르는 삶이 세상에는 참 많았다.

상상력도 신선하고 주제도 좋은 소설이었다. 민정이의 재능에 감탄했다.

이번 공모전에서 탈락한 내 소설을 읽어 보았다. 소설이 아니라 사회 분석 설명문처럼 딱딱했다. 인물은 너무 바르고 똑똑했으며 아픔이나 고민도 없었다. 친구들한테 도덕적인 가르침을 주입하는 꼰대 캐릭터였다. 상을 받고 싶다는 욕심이 너무 컸던 것일까. 민정이 작품과 비교해 보니 얼굴이 뜨거워졌다.

민정이에게 어떻게 해서 〈반지하 로맨스〉를 쓰게 됐는지 메일로 물었다.

수필에는 차마 담을 수 없는 진심을 소설에선 마음껏 털어놓을 수 있어 좋아요. 그래서 소설이 진실을 담는다고 하나 봐요. 사람들한테 이렇게 어려운 삶도 있다고 알리고 싶었어요. 그런데 직설적으로 이야기하면 재미가 없으니까 쥐, 바퀴벌레를 의인화한 거죠. 소설을 쓰면 현실에서 벗어날 수 있어서 좋아요. 상상하다 보면 현실 속 김민정에서 벗어나 제가 세상의 주인공이 된 것 같아요.

3

"주변 사람들하고는 잘 지내요?"

의사 선생님이 따스한 차를 건넸다.

"민정이 이야기를 할게요. 너무 안타까워요."

갑자기 아줌마가 소리 내며 울기 시작했다. 선생님이 간호사한테 아줌마를 밖으로 데리고 나가라고 눈짓했다. 나는 차를 마시며 차분하게 마음을 가라앉혔다.

● ● ●

한 달 뒤, 학교에서 점심을 먹는데 담임이 허겁지겁 뛰어왔다.

"현아야, 문화대학교 청소년 소설 공모전에서 네 작품이 우수작으로 선정됐다고 연락이 왔어."

아이들이 축하한다고, 한턱 쏘라고 말했다. 알았다고 말하며 수저를 들었지만 체할 것 같아 남은 밥을 잔반통에 버리고 급식실 밖으로 나갔다.

그 작품은 민정이의 소설 〈반지하 로맨스〉에서 몇 가지 설정을 빌려 왔다. 변명하자면 그 소설로 큰 상을 받게 될 줄 미처 몰랐다. 표절이니까 취소해 달라고 말할 수도 없었다. 이미 대학교 홈페이지 게시판에 수상 소식이 올라왔고, 우리 학교에도 시상식 참가 공문이 왔다.

엄마가 문자로 축하한다고, 대견하다고 먼저 연락을 해 왔다. 담임이 엄마한테 수상 소식을 알려 준 것이었다. 외할머니, 아빠의 축하 문자도 이어졌다.

담임한테 생리통이 심하다고 둘러대고 조퇴를 한 뒤 엄마의 치과로 갔다.

접수 코디네이터한테 급한 일이라고 했더니, 교정 치료 중이던 엄마가 대기실로 나왔다. 아무도 없는 방으로 들어가 엄마에게 표절 사실을 털어놓았다.

"큰일 아니야. 엄마가 민정이랑 아줌마 만나서 해결할게. 아빠랑도 통화해 봐."

엄마는 대수롭지 않게 말하고 급히 진료실로 돌아갔다.

나는 아빠한테 전화해 사실대로 털어놓았다.

"중학생이 쓴 미발표 소설이고, 아이디어를 조금 빌려 왔지만 네가 대부분 쓴 거잖아. 좋은 작품을 더 멋지게 변형하고 싶었다고, 오마주라고 하면 될 거야. 걱정하지 마."

며칠 뒤 엄마가 민정이와 아줌마를 고급 식당으로 불러 공모전에 대한 이야기를 전했다. 그러면서 민정이가 앞으로 평생 표절 이야기를 하지 않는 조건으로 치아 교정도 해 주고, 대학 등록금도 지원해 주기로 약속했다. 그렇게 각서를 쓰고 아줌마와 민정이가 지장을 찍었다.

그 이후, 나도 민정이를 더욱 살뜰하게 챙겼다. 아줌마가 일을 마치고 집에 갈 때면 김 기사 오빠가 차로 태워다 줬다.

얼마 지나지 않아 충격적인 사건이 벌어졌다.

김 기사 오빠가 아줌마를 집까지 태워다 주면서 민정이와도 알고 지내게 되었다. 민정이와 오빠는 서로의 전화번호를 교환했고 몰래 만났다고 한다. 그러다가 오빠가 민정이를 성폭행했다. 신고하지 못하도록 촬영까지 했고 이를 빌미로 협박하며 성폭행은 여러 번 반복됐다. 이 끔찍한 일을 겪은 곳은 무인으로 운영하는 '모텔 팰리스'였다.

민정이는 우울증이 심해져 자해를 시도했고, 무슨 일인지 물어도 대답을 하지 않자 아줌마가 민정이의 휴대폰 메시지를 살펴보았다. 김 기사와 민정이가 주고받은 메시지를 보고 우리 엄마에게 도움을 요청한 것이다. 언론에 보도되면 엄마, 아빠 이름도 언급될 수 있으니 엄마는 서둘러 문제를 수습하고자 했다. 도와주지 않으면 아줌마가 소설 표절 사실까지 폭로할 수도 있으니까.

엄마와 아빠는 김 기사를 불러 민정이에게 사과하고 경찰 조사를 받으라고 했다. 그러자 김 기사는 실수였으니 민정이 엄마를 설득해 조용히 넘어가도록 도와 달라고 했다. 합의금 3억도 자기 대신 지급해 달라는 말을 덧붙이면서.

엄마가 제정신이냐고 화를 내니 김 기사의 태도가 달라졌다. 아빠가 대학원 여학생과 연인 관계였고, 둘이서 봄부터 외국으로 여행을 자주 다녀온 사실을 학교와 언론사에 알리겠다고 한 것이다. 김 기사는 아빠와 그 학생을 태워 공항에 갈 때 두 사람의 대화를 몰래 녹음을 해 뒀다.

김 기사에게 약점을 잡힌 건 엄마도 마찬가지였다. 엄마는 환자들이 교정 치료비를 현금으로 내면 할인해 주었고, 그렇게 소득을 확 줄여 세금을 제대로 내지 않았던 것이다. 탈세 금액이 수십 억에 이른다고 했다. 병원에서도 몇 년간 근무했던 김 기사는 증거 자료를 몰래 챙겨 둔 모양이었다.

마지막은 내 차례였다. 그는 내가 민정이의 작품을 표절한 것도 알고 있었다. 민정이가 김 기사에게 털어놓았던 것이다. 김 기사는 우리 가족 모두의 비밀을 알고 있었다.

그날 밤, 민정이가 나에게 전화를 했다.

"언니, 너무 답답해서 누구라도 붙잡고 이야기하고 싶어요. 제가 잘못해서 당한 일일까요?"

"어떻게 표절 이야기를 떠벌리고 다닐 수 있어? 너 때문에 우리 집이 어떻게 된 줄 알아?"

나는 전화를 끊고 민정이의 번호를 수신 차단했다.

다음날, 엄마와 아빠는 아줌마를 불러서 돈은 얼마든지 줄 수 있으니 조용히 넘어가 달라고 설득했다. 아줌마는 아무런 대답도 하지 않은 채 집을 나섰고, 곧장 경찰서로 향했다.

조사가 시작되었다. 김 기사는 민정이와 연인 관계였다고 주장했다. 동영상은 휴대폰이 아니라 별도의 디지털카메라로 촬영해서 증거 확보도 어려웠다. 김 기사는 디지털카메라를 산 적도 없다고 잡아떼고 있었다.

김 기사의 복수가 시작되었다. 뉴스 사이트에 우리 가족의 비리가 올라왔다.

"인터넷에 올라온 뉴스, 거짓말이지?"

우리 반 아이들이 수없이 메시지를 보내왔다. 인터넷 수능 카페 게시판에는 나를 도둑년이라고 욕하는 글도 많이 올라왔다. 나는 휴대폰 전원을 껐다.

우리 학교와 아빠가 근무하는 대학교로 기자들이 찾아왔다. 치과에는 국세청 세무 조사팀이 와서 모든 자료를 압수해 갔다.

나는 심리 치료를 받아야 한다는 핑계를 대고서 휴학했다. 엄마는 치과 문을 닫고 변호사를 만나 재판을 준비했다. 벌금도 많이 나오고, 운이 나쁘면 집행 유예가 아니라 실형이 선고될 수도 있다고 했다.

아빠 역시 사면초가에 몰렸다. 불륜 상대였던 대학원생의 석사 논문을 아빠가 다른 학생한테 시켜서 쓰도록 했다는 폭로가 이어졌다. 김 기사는 아빠와 대학원생이 나눈 대화 녹취를 인터넷에 올렸다. 아빠는 학교를 관두었다.

4

"민정아, 오늘 병원에 입원해야 돼. 어서 준비해라."

"아줌마, 여기 어디에요?"

"왜 그래, 민정아! 엄마잖아."

아줌마가 나를 붙잡고 울기 시작했다.

"제가 여기 왜 있어요? 저는 스카이팰리스에 가야 해요. 아임 줄리엣!"

"민정아, 제발 정신 좀 차려라. 망상이 너무 심하대. 가장 닮고 싶어 했던 사람을 너라고 착각하며 살고 있어. 넌 줄리엣이 아니라 민정이야."

아줌마가 한숨을 내쉬었다.

곰팡이가 핀 벽이 눈에 들어왔다. 그 위로 작은 벌레가 기어 다녔다. 창문을 열었더니 한강은 보이지 않고 뿌연 먼지가 들어왔다. 창틀에는 누군가 버린 담배꽁초가 쌓여 있었다.

"망상에 빠져 있어서 그나마 지금 목숨을 부지하는 건지도. 제정신이라면 벌써……. 그 충격을 어떻게 맨 정신으로 견뎌!"

아줌마는 혼잣말을 중얼거렸다.

잠시 뒤 현관문을 열고 키가 큰 남자가 들어왔다. 그놈이었다.

나는 소리를 지르며 옷장 문을 열고 안으로 숨었다.

"민정아, 진정해! 외삼촌이잖아."

아줌마가 울부짖었다. 나는 옷장 밖으로 나갈 수가 없었다.

"내가 그 집에서 일하지 말았어야 했는데!"

"그 새끼를 죽여야 해. 팰리스인가 뭔가 하는 무인 모텔로 민정이를 끌고 가서는 감시 카메라가 없는 곳에서 칼로 협박했잖아. 경찰에서 녹화 영상을 살펴봤는데 민정이가 제 발로 모텔 안에 걸어가는 장면만 찍혀 있더라. 저항하는 장면이 없으니까 성폭력이 아니라고 그놈은 주장하고 있어."

아저씨의 말을 들으면서 나는 숨죽여 울었다. 민정이가 너무 안쓰러웠다.

아줌마와 아저씨가 옷장 문을 열고 내 팔을 붙잡았다.

"의사 선생님이랑 면담해야 하니까 얼른 가자."

나는 가지 않으려고 발버둥을 쳤다. 하지만 아저씨의 힘을 이길 수 없었다.

아줌마가 무릎을 꿇더니 제발 병원에 가자고 울면서 사정했다. 고개를 끄덕였다.

아줌마는 검은 가방에 옷을 담았다.

"아줌마, 면세점에서 사 온 핑크색 가방에 옷을 담아 줘. 내가 좋아하는 가방이잖아."

아줌마가 핑크색 가방을 화장실 쪽으로 집어 던졌다. 나는 달려가서 그 가방을 챙겼다.

집 밖으로 나와 계단을 올랐다. 나는 계속해서 주변을 두리번거렸다. 다리가 후들거리고 머리가 아찔해져 결국 쓰러지고 말았다. 아줌마가 나를 부축했다.

빌라 밖에 낡은 트럭이 서 있었다. 짐칸에는 시멘트 포대와 철근 등 공사 자재가 가득 실려 있다.

햇빛을 받아 번쩍거리는 검은색 벤츠는 보이지 않았다.

5

빗소리에 눈을 떴다. 잠을 자지 못하다가 새벽 5시쯤 겨우 잠이 들었다.

커튼 사이로 푸르스름한 빛이 들어왔다. 어젯밤부터 내린 비는 아침이 되어도 그치지 않았다.

"현아야, 밥 먹고 기운 차려!"

외할머니의 씩씩한 목소리가 귀에 거슬렸다. 이제 나를 줄리엣 이라고 부르는 사람은 없다.

침대에 앉아 창밖을 보았다. 한강과 강남 도심 대신 북한산이 보였다. 앙상한 나뭇가지를 보니 더 을씨년스러웠다.

학교를 휴학하고 외할머니 댁으로 도망치듯 들어왔다. 스카이 팰리스 33층을 팔아서 치과 탈세 세금과 벌금을 냈다. 어차피 이웃 들의 시선이 불편해 그 집에서 더는 살 수 없었다.

1심 재판 결과, 다행히도 엄마는 실형은 피했고 집행 유예가 나 왔다. 유능한 변호사 덕분이었다.

거실에서 엄마가 흥겨운 음악에 맞춰 운동하는 소리가 들렸다. 엄마는 이름을 바꾸고 다시 개원하거나 미국으로 건너가 병원을 차리겠다고 했다.

아빠는 만나지 못했다. 시골 별장에 머물며 악플을 단 사람들을 잡아내 명예 훼손으로 고발하겠다고 단단히 벼르고 있다고 했다.

"현아야, 너무 속 끓이지 마라. 다 시간이 해결해 줘. 너도 이름 바꾸고 미국 대학으로 진학해. 이 할미가 돈은 다 대 줄 테니까."

할머니는 약속이 있다며 집을 나섰다.

최근에 밝혀진 사실이 있다. 내가 표절한 사실을 그놈이 알고 있는 건 민정이 때문이 아니었다. 엄마가 아줌마와 민정이를 만났던 날, 그놈이 자동차에 녹음기를 숨겨 놓고 세 사람의 대화를 녹음해 엿들은 것이었다.

오해가 풀리고, 민정이가 마지막으로 보낸 소설을 읽었다.

성범죄 피해자인 한 여중생이 남자를 유혹해 성관계를 갖고 오히려 피해자 행세를 한다며 비난받는 고통을 절절하게 그렸다. 돈을 줄 테니 성폭행 피해를 경찰에 알리지 말고 조용히 넘어가라고 강요하는 교수와 의사가 나온다. 친언니처럼 의지했던 언니에게 마음을 털어놓으려고 전화했는데 오히려 자기한테 피해를 끼쳤다며 매정하게 전화를 끊는 장면은 차마 읽을 수 없어 그대로 넘겼다. 결말 부분에서 주인공은 자살을 시도한다.

읽는 동안 민정이의 비명이 귓가에 맴돌았다.

어디서부터 잘못된 것일까? 내가 표절을 안했다면 그놈이 계속해서 아줌마를 집까지 태워다 주지 않았을 테고, 그놈과 민정이가 만나지도 않았을 텐데. 그러면 지금도 모두 예전처럼 살 수 있었을까? 엄마는 계속 탈세를 하며 돈을 벌고, 아빠는 불륜을 저지르면서 이 세상에서 가장 정의로운 지식인처럼 행동했겠지. 부모님이 그렇게 번 돈으로 나는 줄리엣으로 살며, 성공하지 못한 사람들은 게으르다고 입버릇처럼 말하지 않았을까.

휴대폰이 울렸다. 아줌마의 문자였다.

정신 병동에 입원한 민정이는 음식을 거부해서 강제로 입안에 음식을 넣는다고 했다. 그리고 지금도 나와 자신을 착각해 환각과 환청에 시달리고 있었다.

아줌마는 민정이가 입원한 병원에 같이 가 줄 수 있는지 물었다. 나를 만나야 민정이가 망상에서 벗어날 수 있을 것 같단다. 만날 시간과 장소를 정했다. 아줌마는 한 번도 나를 원망하지 않았다.

엄마는 음악 소리를 더 크게 키우고 몸을 흔들었다. 오랜만에 쉬면서 전화위복 기회로 만들겠다며 의지를 다졌다. 아빠도 문자를 보내왔다. 허위 사실을 유포한 네티즌 명단을 작성했으니 살펴보라고 했다. 나는 그 명단을 삭제했다.

방으로 들어와 책상에 앉아 종이에 뭔가를 끄적거렸다. 소설인지 수필인지 장르는 모르겠다. 지난 특강 때 소설가 선생님은 자신이 가장 잘 아는 것, 가장 절박한 이야기를 쓰라고 했다. 내가 가장 잘 아는 이야기는 우리 집의 비리와 소설 표절 그리고, 민정이 사건이었다. 소설은 허구라고 했으니 맘대로 써도 될 것 같다. 제목은 〈팰리스의 줄리엣〉으로 정했다.

식사를
합시다

일어나 보니 11시였다. 오전인데도 초저녁처럼 어두워서 불을 켰다. 바람이 강하게 불어 창문이 심하게 흔들리고 이따금 천둥 번개도 쳤다. 40일이 넘도록 장마가 이어진 탓에 집 안이 눅눅했다. 썰렁하기까지 해서 긴팔 티셔츠로 갈아입었다.

요즘 가슴 두근거림 증상이 심해 일찍 누워도 잠을 이루지 못했다. 어깨가 결리고 눈도 빠질 듯이 아팠다. 외고 입시를 앞두고 나도 모르게 스트레스를 받고 있나 보다.

진한 인스턴트커피를 마시면서 정신을 차리려는데 문자가 왔다.

- 생일 축하한다. 꼭 미역국에 밥 먹어라. 그래야 앞으로 좋은
  일이 생기는 법이야. 꼭!

아빠였다. 문자가 아니었다면 생일을 잊고 지나갈 뻔했다.

아빠의 직장 후배가 코로나19 확진을 받았는데, 밀접 접촉자인 아빠는 엊그제부터 회사 원룸에서 격리 중이다. 다행히도 마스크를 잘 끼고 있었는지 검사 결과는 음성이었다. 생일마다 잊지 않고 찾아오는 할머니도 코로나19 탓에 오지 않았다.

- 고마워요. 아빠도 잘 챙겨 드세요.

아빠와는 문자만 주고받는다. 카톡도 하지 않는다. 마지막 통화는 언제 했는지 기억도 나지 않았다.

이어서 바로 답문이 왔다.

- 밥 안치고 국 끓일 줄만 알면 어디 가서 굶지 않아. 유튜브 영
  상 보면 쉽게 할 수 있어.

답장을 보내지 않고 삭제했다. 잔소리도 격리가 되면 좋겠다.

임원 승진을 앞둔 아빠는 회사 일이 많아서인지 설거지해라, 청소해라, 잔소리를 자주 하고 짜증도 많이 냈다. 솔직히 아빠가 집에 오지 않아 마음이 편했다.

빈속에 커피를 마셨더니 위가 쓰렸다. 어제저녁도 빵 몇 조각으로 때웠다. 며칠 전부터 소화가 안 되고 위산이 자주 올라와 병원에 갔더니 식사를 규칙적으로 하지 않으면 위염이 된다고 의사가 말했다. 공부에 집중하기 위해서라도 밥을 꼭 먹어야겠다.

부엌 서랍장을 열었다. 마트에서 파는, 포장된 소고기미역국이

여러 개 있었다. 아빠는 자가 격리될 것을 예상했던 걸까. 냉장고에는 오징어볶음, 오이무침 등 반찬이 많았다. 아빠의 음식 솜씨는 백종원 아저씨를 능가했다.

햇반을 찾았지만 보이지 않았다. 라면도 없었다. 아빠는 라면이 몸에 해롭다며 사다 놓지 않았다. 비가 너무 세차게 내려 마트에 갈 수 없어서 태어나 처음 밥을 하려고 인터넷을 검색했다.

쌀을 씻고 밥통에 넣었다. 문제는 물 맞추기였다. 물이 손등까지 올라오도록 부으면 된다고 했는데, 사람마다 손 크기가 달라서 감을 잡을 수 없었다. 물을 넉넉하게 붓고 밥솥 전원을 눌렀다.

아빠의 공간인 부엌에서 밥을 하는 나 자신이 너무 낯설었다. 라면도 끓일 줄 몰라 컵라면만 먹던 나였다.

초등학교 5학년이 되던 해, 2월에 엄마가 갑자기 세상을 떠난 뒤 나는 부엌을 멀리했다. 그 빈자리를 아빠가 채웠다. 아빠는 인터넷을 검색하며 살림과 요리 잘하는 비법을 공부했고, 금세 실력이 일취월장해서 엄마 제사상도 혼자 차렸다.

얼마 지나지 않아 밥솥에서 부글부글 물 끓는 소리가 나더니 김이 나오는 구멍으로 물이 뿜어져 나왔다. 죽밥을 싫어해 물을 덜어내려고 밥솥 뚜껑을 열었다. 뜨거운 김에 손을 데어 짧게 비명을 지르는데, 그 순간 집 안의 모든 불이 꺼졌다. 세상이 멈춘 것 같았다. 폭우와 강풍으로 인한 정전이었다.

창문을 열고 밖을 내다보았다. 앞집 모두 환했고 우리 집만 어두컴컴했다.

정전이 아니라 누전이었다. 밥솥을 열 때 흘러넘친 밥물이 솥 안쪽으로 들어간 것이다. 급히 밥솥 전원 코드를 뽑았지만 집 안에 전기는 들어오지 않았다. 두꺼비집을 올리면 불이 들어오는 장면을 드라마에서 본 적이 있어서 벽을 이리저리 살펴봤지만 보이지 않았다.

아빠한테 문자를 보내려는데 밖에서 누군가 초인종을 눌렀다. 누구냐고 버럭 소리를 질렀다. 웬 남자가 케이크 배달이라고 말했다. 마스크를 끼고 현관문을 거칠게 열었다.

키가 작고 배가 좀 나온 남자가 케이크 상자를 내밀었다. 상자에 붙어 있는 메모지의 글씨가 빗물에 번져 흐릿했지만 분명 아빠의 이름이 적혀 있었다.

마스크를 쓰고 있어서 남자의 얼굴이 잘 보이지 않았다. 그런데 눈빛과 목소리가 익숙했다. 그도 나를 알아본 눈치였다.

"한다승, 생일이구나. 그런데 왜 이렇게 집이 어두워?"

자세히 보니 초등학교 5학년 같은 반이었던 서노민이었다. 녀석과 친하게 지내다가 가을 소풍 이후 사이가 나빠져 연락을 끊었다.

"밥솥 물이 넘쳐서 누전이 됐는데 누전 차단기를 찾지 못했어."

도와 달라고 말하지도 않았는데 녀석은 집 안으로 들어와서 현관 쪽을 살펴보다가 신발장을 열고 위쪽을 가리켰다. 등산화 뒤로 누전 차단기가 있었다.

서노민이 손을 옷에 닦고 검은색 차단기를 위로 올렸다. 그 순간, 집 안이 환해지더니 냉장고 돌아가는 소리가 경쾌하게 들렸다. 녀석이 집주인이고 내가 손님 같았다.

녀석은 부엌으로 가서 밥솥 안을 행주로 닦아 낸 뒤 전원 코드를 꽂았다.

"고마워. 근데 배달 알바 하나? 고등학교 입시가 얼마 안 남았는데, 공부해야지!"

"싸가지 없이 말하는 건 여전하구나. 부모님이 운영하는 식당 일을 도와드리는데, 오늘은 옆에 있는 빵집 가게 아저씨 부탁으로 배달을 한 거야."

녀석의 부모님은 사거리에 있는 채식 전문 식당 '자연을 드세요'를 운영한다고 했다.

"이 아저씨, 우리 가게 단골손님이야."

녀석이 거실에 걸려 있는 아빠 사진을 보며 반가워했다.

소화가 잘 안 돼 고생하던 아빠는 채식으로 식단을 바꾸면서 건강해졌고, 이후 채식 식당을 자주 찾았다. 음식이 정갈하고 맛있다며 같이 가자고 했지만 채식을 싫어한다고 둘러댔었다. 지금까지 아빠와 단둘이 식당에 가 본 적이 한 번도 없었다.

"생일인데 혼자 밥 먹어?"

마침 녀석의 배에서 꼬르륵 소리가 났다.

"부모님은 지방에 계시고, 친구들은 코로나 때문에 안 불렀어. 도와줘서 고마워, 밥 먹고 가!"

냉장고에서 반찬통을 꺼내 식탁에 올려놓았다.

"반찬을 접시에 덜어서 먹어야지."

아빠 대신 녀석이 잔소리를 시작했다. 케이크를 배달할 때 잔소리도 해 달라고 부탁한 것일까.

내 기억에 서노민은 말이 별로 없었다. 얼굴은 검고 빼빼 말라서 별명이 오징어 다리, 멸치였다. 그런데 어쩌다가 이렇게 확 살이 찌고 수다스러워졌을까.

녀석이 고무장갑도 끼지 않고 맨손으로 개수대에 있는 그릇을 씻었다. 말릴 틈이 없었다.

"칼을 개수대 바닥에 두면 안 보여서 설거지하다가 손을 베일 수 있어. 쓰고 나서 바로 씻어서 잘 보관해야지."

녀석이 포장된 미역국을 냄비에 넣어 데웠다. 앞치마를 입은 뒷모습이 꼭 아빠 같았다.

초등학교 5학년, 가을 소풍이 떠올랐다.

엄마가 돌아가시고 엄마와의 추억이 없는 이 동네로 이사를 왔다. 아이들은 내가 아빠와 단둘이 산다는 사실을 몰랐다. 소풍 전

날 아빠는 외국으로 출장을 갔고 할머니도 편찮으셔서 집에 올 수 없어 혼자 도시락을 준비해야 했다. 분식점에서 김밥을 사려고 했지만 이른 시간이라 문을 열지 않았다. 편의점에도 김밥이 없어서 빵을 사 갔다.

점심시간, 구석에 숨어서 빵을 먹고 있었다. 마침 곁을 지나가던 서노민이 자신이 좋아하는 빵이라며 김밥과 바꿔 먹자고 했다. 그날따라 마이크를 잡고 말하는 것처럼 녀석의 목소리가 컸다. 선생님을 비롯해 아이들이 빵을 바라보았다. 그 눈빛이 지금도 생생하다.

어느새 밥솥의 빨간불이 주황색으로 바뀌고 구수한 김이 올라왔다.

녀석이 밥상을 차렸다.

"부모님은 완전히 채식이고 나는 다 먹어. 잡식이라고 할까?"

녀석은 소고기미역국을 두 그릇이나 먹었다. 녀석의 생일 같았다.

돌이켜 보니 친구와 함께하는 첫 생일이었다. 물론 녀석을 친구라고 할 수는 없지만.

식사를 마치고, 녀석이 초코케이크에 양초를 꽂았다. 아빠는 내가 어떤 케이크를 좋아하는지 정확히 알고 있었다.

"생일인데 기념사진 찍자!"

녀석이 갑자기 어깨동무를 했다. 싫다고 할 틈이 없어서 웃는 시늉을 했다. 녀석한테서 땀 냄새가 훅 풍겼는데, 그제야 별명이 떠올랐다.

쉰 냄새.

녀석은 내 폰 번호를 묻더니 잠시 뒤 카톡으로 사진을 보내 줬다.

케이크를 앞에 두고 찍은 사진을 할머니와 아빠한테 전송했다. 친한 친구가 놀러 와서 같이 케이크를 먹었다는 메시지도 덧붙였다. 아빠는 친구가 한 명도 없는 나를 걱정해 친구 좀 사귀라고도 잔소리했으니까.

녀석은 일이 많다며 급히 나갔다. 집 안이 순식간에 조용해졌고, 빗소리가 더 크게 들렸다.

개수대에 빈 그릇을 쌓아 놓았다. 설거지를 안 했다고 잔소리할 사람이 없었다.

컴퓨터 앞에 앉아 영어 강의를 들었다. 2학기 중간고사 성적을 더 높여야 원하는 외고에 합격할 수 있다. 지난해 경쟁률이 떠올라 깊은 한숨이 나왔다. 어깨가 결려 스트레칭을 했지만 집중이 되지 않았다. 외고에 갈 수 있을까? 외고 진학을 해야 사람들이 나를 무시하지 않고, 친한 친구가 없어도 안쓰럽게 보지 않을 것이다.

휴대폰 진동음이 울렸다. 서노민이 생일 축하한다고 문자를 보내왔다. 그 문자를 보니 다시 초등학교 5학년 겨울이 떠올랐다.

그 무렵, 내가 임대 아파트에 사는 아이들을 거지라고 욕했다는 소문이 나돌았다. 우리 반 아이들 대부분이 임대 아파트나 오래된 빌라에 살고 있었다. 동네에서 가장 좋은 아파트에 살던 나는 임대 아파트가 작다는 말을 누군가한테 얼핏 한 적은 있지만 소문처럼 심한 말은 하지 않았다. 하지만 아무도 내 말을 믿지 않았고, 결국 따돌림을 당해 중학교는 동네에서 먼 곳으로 진학했다. 그 이후 학교에서는 웬만하면 말을 하지 않아 속마음을 나눌 친구가 없다.

그때의 기억이 꼬리를 물고 이어져 속이 답답했다. 냉장고에서 콜라를 꺼내 단숨에 마셨다.

위산이 올라오는 듯 속이 쓰렸다. 뭐라도 먹으면 좀 나아질까 싶어 복숭아를 썰어 먹고, 칼을 개수대 바닥에 놓았다. 잠을 깊이 못 자서 피곤한데다가 잊고 싶은 일이 머릿속을 떠나지 않아 이내 침대에 누웠다.

얼마나 잤을까. 일어나 보니 빗줄기는 더욱 굵어졌고, 어느덧 늦은 오후였다. 시간을 보려고 휴대폰을 확인하는데 아빠가 보낸 문자가 와 있었다.

　- 채식 식당에서 부모님을 잘 도와주는 노민이가 너랑 친구라고

　　하더라. 노민이 엄마도 자가 격리를 해야 하는데 집이 좁아서

당분간 노민이가 우리 집에서 지낼 거야.

멸치와 지내기 싫다고 답장을 보내려고 하는데 초인종이 울렸다. 반갑지 않은 녀석이었다.

"나는 코로나에 안 걸렸으니 걱정하지 마. 며칠만 신세 질게. 음식, 청소, 설거지를 내가 다 하면 너도 이득이잖아."

멸치는 여행용 캐리어를 끌고 당당하게 집 안으로 들어왔다. 가방이 너무 커서 리어카인 줄 알았다.

"유튜브에서 언박싱 동영상 본 적 있지? 가방이나 상자 안에 무엇이 들어있는지 공개하는 콘텐츠!"

녀석은 가방에서 커다란 보온병과 보온 도시락 세트를 꺼내 식탁 위에 올려놓았다. 나를 위한 식사인 줄 알았는데 빈 통이었다. 그리고 배추겉절이가 든 통, 표고버섯, 정체를 알 수 없는 누런 가루도 꺼냈다. 할머니가 짐 보따리를 푸는 듯, 오일장 쇼핑 언박싱 같았다.

"코로나 시국에 도시락 싸서 한가하게 소풍 가려고? 누런 가루는 뭐야?"

"다 쓸데가 있으니까 챙겨 왔지. 저녁에 떡볶이 해 먹자. 매운 국물에 달걀을 찍어 먹으면 굿이잖아!"

녀석은 묻지도 않고 냉장고를 열었다.

"밥 먹으러 우리 집에 왔냐? 시켜 먹거나 라면 먹으면 돼. 너도 그 시간에 공부나 해.”

“난 지금 공부 중이야! 너도 이번 기회에 나한테 음식 기초를 배워.”

녀석은 콧노래를 부르며 고무장갑을 끼고 설거지를 했다.

“음식은 아빠가 다 해 줘. 그리고 음식은 훗날 돈 많이 벌어서 사 먹으면 그만이야.”

나는 방에 들어가면서 문을 거칠게 닫았다.

설거지를 하는지 그릇을 깨는지 소리가 너무 커서 이어폰을 끼고 영어 회화를 들었다.

집중해서 다섯 번째 챕터를 듣고 있는데, 부엌에서 비명이 들려 급히 방문을 열었다.

“개수대 바닥에 있는 칼에 손을 베었어! 칼을 쓰면 바로 씻어서 잘 보관하라고 했잖아.”

녀석이 손을 휴지로 감싸며 욕실로 뛰어갔다.

“많이 다쳤어? 119 부를까?”

안방에서 구급상자를 가져왔다. 녀석이 구급상자를 빼앗듯이 들고 욕실 문을 닫았다. 도와주겠다고 말하며 문을 두드려도 대답이 없었다. 사실 피가 흐르는 깊은 상처를 볼 자신이 없었다.

잠시 뒤 녀석이 욕실에서 나왔다. 오른손에는 붕대를 두툼하게 감고 있었다.

"너 때문에 다쳤으니까 이제부터 날 도와줘야 해. 지금 마트에 가자!"

우산을 들고 밖으로 나갔다. 다행히도 폭우는 보슬비로 바뀌었다.

사거리를 지나는데, 녀석이 걸음을 멈추고 맞은편에 있는 대학 병원을 바라보았다. 병원 입구에 있는 코로나 검사소 앞에 사람들이 길게 줄 서 있었다.

"엄마 걱정하는 거야? 우리 아빠도 자가 격리 중인데, 큰일 없을 거야."

"오늘 느낀 점은 건강이 가장 중요하다는 것. 그러니까 더 잘 챙겨 먹어야지."

녀석이 나를 물끄러미 바라보았다.

"예전에는 말도 별로 없더니 못 본 사이에 성격이 많이 변했네."

"학교에서는 무시당했지만 식당에서 일하면서 칭찬을 많이 들어서 자신감이 생겼어."

하루는 녀석이 학교에서 아이들한테 맞고 집에 왔는데 엄마가 깍두기를 담그고 있었단다. 칼로 무를 써는 모습을 보니 뭔가 쾌감이 전해져 엄마 대신 칼을 잡고 무를 빠르게 썰었다고 했다. 무를 썰면서 자신을 괴롭힌 놈들을 떠올린 것이다. 그렇게 노민이는 부얶이랑 가까워졌다.

"내년에 요리 전문 고등학교에 갈 건데 넌 어느 학교에 갈 거야?"

갑자기 헛기침이 나왔다. 외고에 가야 하는 이유를 말할 수 없었다.

"부모님은 왜 채식 식당을 해?"

"부모님이 나를 늦게 낳았어. 쉰둥이야. 지난해, 엄마가 편찮으셨는데 채식 덕분에 건강해지셔서 그 비법을 전하고 싶대. 음식을 바꾸면 건강을 되찾을 수 있어."

녀석도 학교에서 받은 스트레스를 폭식으로 풀다 보니 살이 급격히 쪘다고 한다. 채식 위주로 식사를 해서 살도 빠지고 건강도 좋아진 것이다.

녀석의 요리 예찬과 채식 사랑을 듣는 동안 어느덧 마트에 도착했다. 녀석은 먼저 어묵과 떡을 바구니에 담았다.

"양파는 오래 두면 썩기 쉬우니까 세 개짜리를 사! 양배추도 4분의 1로 작게 잘라서 파는 것이 좋아."

녀석은 주부 9단처럼 쉬지 않고 떠들었다.

물건을 다 고르고 계산대로 가고 있었다.

"야, 쉰 냄새!"

키 큰 두 놈이 우리에게 다가왔다. 낯이 익었다.

"쉰 냄새! 코로나 때문에 못 만나니까 보고 싶더라."

"이 새끼야! 좀 씻고 다녀, 쉰 냄새 난다! 돈 좀 빌려줘. 지난번처럼 도망치면 죽여 버린다!"

놈들이 노민이의 머리를 우산으로 툭툭 쳤다. 우산에 묻어 있던 빗물이 노민이 얼굴로 흘러내렸다. 녀석은 머뭇거리다가 급히 뒤쪽으로 도망쳤는데 때마침 그 옆을 지나가는 카트에 부딪혀 바닥에 쓰러졌다.

두 놈이 비웃으며 뒤쫓아 갔다. 다행히 수박 상자를 운반하는 큰 수레가 앞을 가로막아 그사이에 노민이는 밖으로 도망쳤다. 한 놈이 뒤쫓아 갔고, 다른 한 놈이 나에게 다가왔다.

"한다승 아니야? 똥은 똥끼리 뭉친다더니! 역시 왕따끼리 통하네."

생각해 보니 두 놈 역시 5학년 때 같은 반이었고, 노민이와는 지금도 같은 중학교에 다니고 있었다.

나는 대꾸하지 않고 물건을 계산해 마트 밖으로 나갔다. 노민이는 비를 맞으며 재활용 수거함 옆에 숨어 있었다.

말없이 녀석에게 우산을 건넸다. 노민이는 놈들이 오는지 두리번거리며 걸음을 재촉했다.

집에 오자마자 노민이는 콜라를 들이켜고는 수건으로 젖은 머리를 닦았다.

"하루 이틀도 아니고, 그놈들은 잊고 밥부터 먹자. 손이 아프니까 나 대신 네가 일을 해야겠어."

"학교에 알리거나 경찰에 신고해!"

"그러면 더 괴롭히지. 올해까지만 견디면 될 거야."

노민이가 양파를 식탁에 올려놓았다.

씻은 양파의 끝을 칼로 자른 뒤 껍질을 벗겼다. 눈물이 흘렀다.

"벌써부터 울지 마라. 살다 보면 울 일이 참 많아."

녀석이 나직하게 말했다.

양배추를 자를 차례였다. 양배추가 너무 딱딱한 탓에 칼이 빗나가 하마터면 손을 베일 뻔했다. 녀석이 목장갑을 내밀었다. 톱질할 때 사용하면 좋을 정도로 두툼했다.

그사이 냄비의 물이 끓었다. 녀석은 야채를 먼저 넣어 익히고, 그 이후에 떡과 어묵을 넣으라고 했다.

"음식을 할 때 불 조절이 가장 중요해. 처음에는 약한 불로 재료를 익히고, 그다음에 불을 세게 해야 맛이 있어. 처음부터 불을 세게 하면 음식이 익지 않아. 우리 엄마가 불 조절은 인생의 속도 조절과 같대."

활활 타오르는 파란 불꽃을 보니 아빠가 떠올랐다.

아빠는 매일 센 불처럼 살았다. 야근하고서 밤늦게 집에 와서 새벽까지 집안일을 했다. 주말에도 출근해 쉬는 날은 없었다. 자가 격리하는 이 시간이 아빠한텐 소중한 휴식일 것이다.

불을 세게 했더니 떡볶이 국물이 졸아들면서 먹음직스러운 빨간색으로 변했다.

떡볶이를 맛보았다. 떡은 적당하게 익었고, 야채는 식감이 좋았다. 오른손 엄지손가락을 치켜세웠다.

"아저씨도 우리 식당에 오면 야채 떡볶이를 자주 드셨어."

아빠가 떡볶이를 좋아하는지 처음 알았다. 꼭 녀석이 아빠의 친아들 같았다.

아빠는 요리를 잘하니 격리 중이라도 나보다 훨씬 잘 챙겨 드실 것이다.

식사를 끝내고 설거지를 시작했다. 녀석은 기름기가 묻지 않은 그릇을 먼저 세제 없이 씻으라고 잔소리를 했다. 나는 이어폰을 귀에 꽂고 영어 회화를 들었다.

마트에 다녀오랴 요리하랴 오래 서 있었더니 목과 허리 그리고 발바닥까지 아팠다.

설거지를 마치고 그릇을 정리하려고 수납장을 열었다. 크기별로 잘 정리되어 있는 접시들 옆에 노트 한 권이 있었다.

노트에는 공과금과 보험료 납부일, 보일러가 안 돌아갈 때 공기를 빼는 방법, 겨울 동파 방지법, 에어컨 절전 작동법 등이 꼼꼼하게 적혀 있었다. 주부 백서였다.

아빠와 엄마가 결혼 전 바닷가에서 찍은 사진도 노트 사이에 껴 있었다.

엄마가 돌아가시던 날, 나는 겨울 영어 캠프에 가 있었다.

그날 엄마는 오후부터 속이 메슥거리고 가슴이 아프다며 아빠한테 문자를 보냈다. 아빠는 신상품 출시 준비로 너무 바빠서 약을 사다 먹으라는 짧은 답문을 보냈다. 엄마가 몇 번 더 전화했지만 아빠는 받지 못했다. 야근을 끝내고 자정을 넘겨 집에 온 아빠가 거실에 쓰러져 있는 엄마를 발견했으나 이미 늦었다. 병원에 빨리 갔다면 목숨을 구할 수도 있었을 것이라는데, 엄마는 골든 타임을 놓쳤다. 내가 영어 캠프에 가지 않았다면, 아빠가 일찍 집에 왔다면……. 수없이 때늦은 후회를 한다.

아빠는 자신 때문에 엄마가 세상을 떠났다고 자책하며 한동안 집에 오지 않고 야근을 하거나 해외 출장을 갔다. 그러다가 지금 살고 있는 이 아파트로 이사를 왔고, 그 뒤로 아빠는 집안일을 도맡아 했다.

나는 부엌 정리를 끝내고 방에 들어와 침대에 누웠다. 샤워할 기운도 없었다.

야근을 하고 집안일을 하던 아빠가 떠올라 문자를 보내려다 발신 취소를 눌렀다.

하품이 나왔다. 집안일이 불면증을 없애 주는 특효약이었다. 아빠도 엄마의 빈자리를 잊고 싶어서 쉬지 않고 일만 한 것은 아닐까.

시끄러운 음악 소리에 눈을 떴다. 잠깐 잔 것 같은데 아침 8시였다. 오랜만에 푹 자서 몸이 가뿐했다. 밥을 잘 챙겨 먹어서 속도 쓰리지 않았다.

녀석은 거실에서 스트레칭을 하고 있었다. 허리가 유연했다.

운동을 마친 녀석이 휴대폰을 내밀어 자신의 유튜브 채널 '중딩 3달러 요리'를 보여 줬다. 3,000원이면 살 수 있는 재료로 누구나 쉽게 따라 할 수 있는 요리법을 알려 주는 영상들이었다. 얼굴은 나오지 않고 요리하는 모습만 보여 주는데, 녀석이 조리 있게 말을 잘해 방송에 금방 빠져들었다. 구독자가 5,000명이라서 광고도 붙었다.

오늘의 요리는 들깨탕이었다. 녀석이 챙겨 온 정체를 알 수 없는 누런 가루가 바로 들깻가루였다.

"들깨탕은 국물이 담백하고 엄청 부드러워. 아저씨가 가장 좋아하는 음식이야."

아빠가 들깨탕이 맛있다고 할 때마다 고기를 넣은 도가니탕과 비슷한 음식인 줄 알았다.

오늘도 칼질은 내 몫이었다. 칼을 쥐는 것이 어제보다 편했다. 녀석은 내가 칼질하는 모습을 휴대폰으로 촬영했다. '칼질을 못하는 사람도 며칠이면 잘 할 수 있다!' 이런 자막을 넣으려는 것 같다.

냄비의 물이 끓기 시작했다. 잘 개어 놓은 들깻가루를 넣었다.

"들깨탕에 고구마순이나 배추, 두부 등 뭘 넣어도 다 맛이 있어."

녀석의 말을 귀담아듣다 보니 요리의 매력은 '정답이 없다'는 점 같았다.

세상일에는 이미 정해진 답이 있고, 그것에 맞추느라 힘이 들 때가 많았다. 부모와 자녀가 함께 살아야 자녀 인성 교육에 좋다고 말하는 사람들은 한 부모 가정에서 자란 아이들에게 어딘가 문제가 있을 거라고 섣불리 판단했다. 그런 시선에서 벗어나려고 나는 더 열심히 공부했다. 아빠도 이런 이유로 나를 잘 챙기고자 더 부지런하게 살았던 것일까.

완성된 배추들깨탕을 맛보았다. 담백한 국물에 밥을 말아 김치와 함께 먹으니 속이 든든했다.

들깨탕을 보온병에 담아서 아빠가 머무는 원룸 현관문 앞에 두고 오기로 했다. 버스로 30분 거리라 그새 식지는 않을 것이다.

아빠한테 들깨탕을 가져다주겠다고 문자를 보냈더니 한참 뒤 답문이 왔다.

- 기침이 심해서 검사받으러 보건소에 왔어. 원룸에 오지 마라.

　너도 자가 격리될 수 있어!

아빠의 기침 소리가 들리는 것 같았다.

　설거지를 끝내고 방에 들어가 지난해 외고 입시 기출 문제를 풀었다. 밥을 든든하게 먹었더니 집중력이 좋아졌다. 녀석은 거실에서 한식 조리사 자격증 필기시험을 준비했다. 시끄럽게 떠들던 녀석이 입을 다물자 독서실보다 더 고요했다.

· · ·

　녀석과 함께 보낸 지 사흘째 되는 날. 아침 메뉴는 된장찌개와 어묵볶음이었다. 칼로 호박과 양파를 써는데, 처음보다 익숙했고 속도도 빨라졌다.

　아빠의 문자가 왔다. 코로나 검사 결과 음성이고 일주일을 더 혼자 보내면 격리에서 해제된단다. 처음으로 아빠와 이렇게 오랫동안 떨어져 지내고 있었다.

　밥을 먹으며 텔레비전 뉴스를 보았다. 곧 장마가 끝나고 불볕더위가 시작된다고 했지만 창밖에는 비가 세차게 내렸다.

　식사를 마치고 녀석은 시장에 가서 채소, 생선, 과일 고르는 비법을 영상에 담겠다며 같이 가자고 했다.

"네가 온 뒤로 부엌일을 많이 했더니 내가 학생인지 주부인지 정체성에 혼란이 와. 수업 진도를 따라가지 못해서 오늘은 공부해야 돼."

행주로 식탁을 닦는데 손이 따끔거렸다. 손가락 피부가 벗겨지는 주부 습진 증상이었다.

"학생과 주부 역할을 다 해야 앞으로 잘 살 수 있어. 그리고 공부는 시장에서도 할 수 있어. 이게 다 널 위한 거야."

녀석이 붕대 감은 오른손을 흔들었다.

한숨이 나왔다. 널 위한 거라면서 원하지 않는 가르침을 주는 꼰대들이 떠올랐다.

결국 녀석과 함께 재래시장에 갔다. 다른 때 같았으면 사람들로 붐볐을 시장이 코로나 때문인지 텅 비었다. 문을 닫은 가게도 제법 많았다.

녀석은 생선 가게로 들어가 주인아저씨와 수다를 떨면서 싱싱한 고등어 고르는 비법을 물었다. 나는 휴대폰으로 고등어를 찍으며 아저씨의 이야기를 귀담아들었다.

한참 촬영을 하다가 시장 골목 구석에 있는 화장실에 갔다.

입구에서 담배를 피우던 덩치 큰 남자 몇 명이 나를 보며 눈짓을 주고받았다. 아까부터 생선 가게를 기웃거리던 놈들이었다.

잠시 뒤 화장실에서 나와 생선 가게로 돌아가려는데 빈 상자들이 쌓여 있는 으슥한 곳에서 시끄러운 소리가 들렸다.

"쉰 냄새! 돈 좀 빌려 달라니까 연락을 씹어? 오늘 식당에 갔더니 네 엄마가 너 요즘 친구네 집에서 지낸다고 하더라? 한 번만 더 우리 피해서 도망치면 식당에 확 불 질러 버릴 거야."

덩치가 큰 녀석이 고개를 숙인 채 떨고 있는 노민이의 뺨을 후려쳤다. 노민이의 코에서 피가 흘렀다. 뛰어가서 말리려다가 조용히 휴대폰 카메라로 그 장면을 찍었다. 다섯 명이라서 내가 말릴 수도 없었고, 폭행당했다는 증거가 필요했다.

"이 새끼네 식당 음식에서 바퀴벌레 나왔다고 인터넷에 올려 버리자. 약속 안 지키는 새끼는 죽여서 땅에 파묻어 버려야 돼!"

한 놈이 노민이를 걷어찼다. 노민이는 빗물이 고인 흙바닥에 나동그라졌다.

30초 정도 그 장면을 촬영했다. 그사이 노민이의 신음 소리가 더 거칠어졌다. 지나가는 사람들은 못 본 체하며 자리를 피할 뿐이었다. 망설이다가 유튜브에서 경찰차 사이렌 소리를 검색해 볼륨을 높이고, 화장실 문 뒤에 숨어 '경찰이야!' 하고 소리쳤다. 당장 경찰들이 들이닥칠 분위기였다.

"경찰에 신고하면 너희 가족까지 다 죽여 버릴 거야."

놈들이 바닥에 침을 뱉고 도망쳤다.

급히 달려가서 노민이를 부축했다. 녀석의 얼굴에 상처가 가득했다.

"필요 없어! 이게 다 너 때문이야!"

녀석이 나를 세게 밀치며 앞으로 걸어갔다. 바지가 흙물로 얼룩져 있었다.

"왜 내 탓이야?"

녀석이 걸음을 멈추고 나를 쏘아보았다.

"5학년 가을 소풍 기억나? 난 영원히 잊을 수가 없어."

고함을 지르다가 내 멱살을 잡았다. 숨이 탁 막혔다.

"왜 그래?"

"네가 소풍 때 그렇게 말하지 않았다면 내 삶은 지금과 완전히 달랐을 거야."

녀석이 두 손으로 나를 세게 밀쳤고 나는 바로 빗물에 미끄러졌다. 정신을 차리고 일어나서 녀석한테 발길질을 하려는데, 마침 지나가던 생선 가게 아저씨가 달려와 우리 둘을 떼어 놓았다. 녀석은 비에 젖은 빈 의자에 앉아 멍하니 허공을 바라보다가 입을 열었다.

"다 지난 일인데도 문득 그때가 떠오르면 가슴이 터질 것 같아."

녀석이 5학년 가을 소풍 때를 이야기하며 깊은 한숨을 내쉬었다.

아이들과 친하지 못한 녀석을 위해 부모님은 형편이 어려운데도 여러 종류의 김밥을 싸고 닭강정, 돈가스까지 챙겨 주며 친구들과 나눠 먹으라고 했단다. 그런데 내가 김밥을 먹고는 상했다고 소리를 질러 다른 아이들까지 먹던 김밥을 풀밭에 뱉었다. 그 모습을 보며 상처를 받았던 모양이다.

녀석이 내가 빵을 가져왔다고 큰 소리로 말한 게 기분 나빠서 그랬지만 사실 김밥은 정말 맛있었다. 물론 우리 엄마가 만들어 주던 김밥보다는 별로였지만.

"그때부터 내 별명은 쉰 냄새가 되었고, 어떤 아줌마는 우리 엄마한테 전화해서 아들이 내가 준 김밥을 먹고 배탈이 났다며 병원비를 달라고 억지를 부렸어."

충격을 받은 녀석은 전학을 갔는데, 그 학교까지 소문이 이어졌다고 했다. 땀을 많이 흘려 땀 냄새가 나기도 했고, 부모님의 나이가 많아서 쉰둥이라는 것까지 더해져 별명이 쉰 냄새가 된 것이다. 결국 중학교에 가서는 학교 폭력 피해자가 되고 말았다.

머리 위로 보슬비가 떨어졌다. 미안하다고 말하기에는 너무 늦어 버린 것 같다.

"요리를 열심히 한 이유는 이 동네를 벗어나기 위해서야. 다른 도시에 있는 요리 특성화고에 진학하면 이 지옥에서 벗어나 새롭게 시작할 수 있잖아."

"폭행 증거 영상이 있으니까 경찰에 신고하자. 내가 도와줄게."

녀석은 절대 안 된다며 몸을 심하게 떨었다.

"그런데 말이야. 저놈들이 아줌마를 만났다고 하는데, 아줌마는 지금 자가 격리 중이잖아?"

"어차피 알아야 할 테니 이제 다 말할게. 네 생일날 아침 일찍 아저씨가 우리 식당에 와서 들깨탕을 드셨어."

녀석이 머뭇거리며 내 눈치를 보다가 이야기를 이어 나갔다.

아빠가 갑자기 울면서 아들이 친구도 없고 공부 외에는 아무 것도 못한다고 걱정했다고 한다. 내 이름이 나와서 우리 아빠인 줄 알았단다.

"아저씨가 너에 대한 이야기를 해 주셨어. 소풍 날, 네가 왜 김밥이 상했다고 했는지도 그때 알았어. 그때가 엄마가 돌아가신 직후였다며……."

녀석의 말을 들어 보니 아빠는 생각보다 나에 대해 많이 알고 있었다.

소풍 직후, 담임 선생님이 아빠에게 전화해서 내가 편의점 빵을 싸 왔다며 좀 더 신경 써 달라는 말을 했다고 한다. 그 말을 듣고, 회사 일에만 매달리던 아빠가 요리를 비롯한 집안일에 열중하게 된 것이다.

"아저씨가 네가 왜 친구가 없는지도 말해 주셨어. 이제라도 사과할게. 미안해……. 전학 간 뒤 학원에서 만난 너희 학교 아이들

한테, 네가 임대 아파트 사는 아이들을 거지라고 했다고 내가 거짓
말을 했어. 네가 너무 미워서 그랬는데 그 말 때문에 따돌림까지
당할 줄 몰랐어."

"어떻게 그런 짓을 하냐? 그 거짓말 때문에 내가……."

양손으로 녀석의 멱살을 거칠게 잡으려다가 참았다. 너무 긴 시
간이 흘러 버렸다. 녀석은 내 눈치를 보았다. 나는 녀석이 한 말들
을 조용히 곱씹었다.

"잠깐, 그런데 자가 격리 중인 우리 아빠가 어떻게 식당에 갈 수
가 있지?"

녀석은 헛기침을 하더니 천천히 입을 열었다.

"그날 아저씨는 대학 병원에 입원했어. 위암 3기인데, 수술 전
검사 결과가 너무 안 좋았어. 지금쯤 수술이 끝났을 거야. 아저씨
가 널 많이 걱정해서 내가 도와주겠다고 한 거야."

녀석이 오른손에 감은 붕대를 풀었다. 상처는 없었다. 다리에
힘이 풀려 간신히 벽에 기대어 섰다. 할머니는 지금 병원에서 아빠
를 간호하고 있었다. 아빠는 수술 결과가 좋을 거라고 확신하면서,
수술 후 나한테 모든 것을 말하려고 한 것이다.

"아저씨는 든든하게 먹고 꼭 회복하겠다며 들깨탕을 두 그릇이
나 시켰어. 하지만 거의 드시지 못했지……."

할머니에게 전화를 했다. 아빠 상태가 너무 안 좋아서 의사가

마음의 준비를 하라고 했단다. 하지만 가끔 기적도 일어난다고 힘주어 말하며 전화를 끊었다.

곧장 아빠에게 전화했다. 받지 않았다. 아빠에게 몇 년 만에 처음 전화를 한 것이다.

택시를 타고 병원에 가려 했다. 녀석이 아빠는 두 시간 뒤 깨어나고, 지금은 면회도 안 된다며 천천히 가라고 했다.

집에 가자마자 미음 끓일 준비를 했다. 보온병과 보온 도시락이 필요했다.

"이 미음 드시고 아저씨가 회복하시면 그때 드실 들깨탕도 네가 만들어 봐. 도와줄게. 요리를 가르치면서 나도 누군가한테 도움을 줄 수 있어서 즐거웠어."

"그래. 아빠가 드실 거니까 미음도 들깨탕도 최선을 다해 끓일게. 음식으로 병을 고칠 수 있다는 그 말, 사실이지?"

녀석이 고개를 끄덕였다.

문득 내가 서 있는 부엌이 낯설어졌다. 아빠가 이 부엌에서 만든 음식을 다시 먹게 될 날이 올까. 아빠가 노트에 쓴 주부 백서가 떠올랐다. 나에게 남기는 편지 같았다.

"네가 혼자 해내는 걸 보니까 나도 내 문제를 해결할 수 있을 것 같아."

녀석은 경찰서에 전화해 학교 폭력 담당자와 통화를 했다. 증거 영상이 있다고 덧붙였다.

"잘했어! 조사받을 때 경찰서에 같이 가 줄게."

그사이 냄비에서 김이 올라오고, 미음이 끓기 시작했다.

냄비 뚜껑을 여는데 김이 너무 뜨거워서 눈이 매웠다. 손등으로 눈가를 훔쳤다.

녀석이 텔레비전 전원을 눌렀다. 뉴스에서 날씨 예보를 시작했다.

"기상 관측 사상 가장 길고 지루한 45일 동안의 긴 장마가 드디어 끝났습니다."

아무튼,
밖에서도

우에노 공원으로 걸어가고 있었다. 일본은 지하철 요금이 비싸서 돈도 아낄 겸 걸어서 도쿄를 구경할 생각이었다. 햇볕에 얼굴이 타지 않도록 챙이 넓은 모자를 쓰고, 걷기 편한 트레이닝복을 입었다. 아저씨 같은 차림새였지만 도쿄에는 나를 아는 사람이 없으니 신경 쓰지 않았다.

좁은 골목길을 한참 걸어도 공원은 나오지 않았다. 한 시간째 제자리를 빙빙 돌고 있는 것 같아 주변을 두리번거렸다. 마침 골목 끝에서 나를 계속 지켜보던 사람들이 다가왔다. 경찰이었다. 그들은 일본말로 한참 말했지만 알아듣지 못한 나는 '아임 프롬 코리아!'라고 답했다.

"패스뽀트 쁠리즈!"

덩치가 큰 경찰이 딱딱하게 말하며 자신의 신분증을 보여 줬다. 'JAPAN POLICE'라고 적혀 있었다. 내가 머뭇거리자 선글라스를 낀 경찰이 휴대폰 메모장에 'PASSPORT'라고 입력해 보여 줬다. 여권을 보여 달라는 것이었다. 예상치 못한 검문검색이었다. 여기저기 기웃거린 탓에 도둑으로 오해한 것 같았다. 한국에서도 평일 대낮에 교복을 입지 않고 아파트 단지를 돌아다니면 이상하게 보는 사람이 많았다. 홀로 놀이터 구석에 앉아 있는 내게 경찰이 와서 학생증을 보여 달라고 한 적도 있다. 사람들은 나를 '학교 밖 청소년'이라고 부르는데, 왠지 '눈 밖에 난 청소년'이라는 뜻 같다. 외국에 나와도 내 신세는 변하지 않았다.

"노 패스뽀트?"

"예스. 노 패스포트!"

여권을 잃어버리면 안 된다고 해서 게스트 하우스에 보관한 여행 가방 깊숙이 숨겨 놓았다.

경찰이 다시 자신의 휴대폰 화면을 가리켰다. 한국어로 번역된 문장을 보니 '불법 체류 확인이 필요해서 같이 경찰서로 가야 한다'라고 적혀 있었다. 도둑으로 오해하지는 않아서 다행이라고 해야 할까. 일본은 90일 동안 무비자로 여행을 할 수 있으니 불법 체류는 아니었다. 여권에 찍힌 입국 날짜를 확인하려는 것 같았다.

선글라스를 낀 경찰이 경찰차에 타라고 손짓했다. 다른 경찰이 이미 내 팔을 붙잡고 있어서 도망칠 수 없었다. 태어나서 처음 경찰차에 타는 순간이었다.

차는 유턴을 해서 빠르게 어디론가 향했다. 이제 어떻게 해야하나, 고민하느라 도쿄의 가을 햇살을 만끽할 여유는 없었다. 창밖을 보니 500미터마다 경찰이 서 있고, 곳곳에 경찰 초소가 있었다. 자전거를 타고 순찰을 도는 경찰도 많았다.

아침 일찍 출발하는 비행기를 타고 일본으로 혼자 여행을 왔다. 여름에 가족과 중국 여행을 다녀올 때, 항공사에서 진행하는 무료 항공권 이벤트에 응모했는데 나만 당첨이 되었다. 탑승 기한이 한 달 이내였다. 부모님은 직장에 가고, 친한 친구들은 모두 학교에 다니느라 같이 올 수 없어서 혼자 여행 계획을 세웠다. 일본 여행책을 사고, 나리타 공항에서 도쿄 시내로 가는 교통편을 알아보고, 게스트 하우스를 예약했다. 여기까지 혼자 잘 해내서 어른이 된 것 같아 어깨에 힘이 들어갔는데, 생각지 못한 난관을 만난 것이다. 혼자 여행을 하면 많은 경험을 할 수 있다던 아빠의 말이 떠올랐다. 안타깝게도 그 목표를 바로 달성하고 말았다.

차가 경찰서 앞에 멈추었다.

경찰들과 3층 조사실로 올라갔다. 정장을 입은 젊은 경찰이 나를 기다리고 있었다.

"언제 일본 왔어요? 어느 공항으로 왔어요? 불법 체류자 단속 중이에요."

그가 한국어로 또박또박 물었다. 한국어를 제법 잘하는 경찰이었다.

"아침에 나리타 공항으로 왔어요. 청소년이에요."

"여권을 보여 줘야 나갈 수 있어요. 입국 날짜를 알아야 해요."

나는 게스트 하우스에 전화를 해서 주인아줌마에게 상황을 설명했다.

"알바생이 여권 가지고 갈 거니까 걱정하지 말고 기다려."

아줌마의 푸근한 말투를 들으니 갑자기 울컥했다. 한국인이 운영하는 숙소에 투숙하길 잘했다.

10분쯤 지나 빨간 모자를 푹 눌러쓴, 20대 초반으로 보이는 여자가 들어왔다. 짐을 맡기러 게스트 하우스에 갔을 때 잠깐 본 알바생 누나였다.

누나가 나를 보더니 아무 말 없이 경찰에게 여권을 건넸다.

"박상오 씨? 오늘 나리타 공항으로 왔네요. 여권 가지고 다녀요."

경찰이 여권 사진과 내 얼굴을 확인하고는 입국 기록을 복사해서 증거로 남겼다.

가방을 챙기고 경찰서를 나왔다.

"고마워요."

인사를 했지만 누나는 대답 대신 살며시 웃기만 했다. 한국말을 하지 못하는 것 같아 일본 여행책을 보며 "아리가토 고자이마스!"라고 어색하게 말했다.

그사이 해가 지고 있었다. 조사를 받느라 긴장했더니 돌아다닐 힘도 없었다.

누나가 손바닥으로 자전거 뒷좌석을 두드렸다. 타라는 뜻이었다. 우물쭈물하자 누나는 자전거 벨을 여러 번 울려 댔다. 소리가 너무 요란해 경찰들이 달려 나올 것 같아 얼른 뒷자리에 앉았다.

누나가 자전거 페달을 밟았다. 도쿄의 가을은 화창했고 서울보다 포근했다.

누나와 의사소통을 못 해 오히려 좋았다. 수다스러운 사람이었다면 고등학생이 방학도 아닌데 어떻게 혼자 여행을 왔냐고 꼬치꼬치 캐물었을 테니까.

중학교 졸업 후 고등학교 진학을 하지 않았다고 말하면 사람들은 내가 왕따를 당했거나 집안에 문제가 있거나 몸이 아플 거라고 짐작하며 안쓰럽게 바라본다. 혹은 음주, 폭행 등으로 문제를 일으켰다고 생각해 경계하기도 한다.

하지만 나는 왕따를 당하지 않았고, 집안은 화목하고, 경제적으로 여유가 있고, 부모님은 이혼하지 않았다. 학교 성적도 상위권이었다. 물론 학원을 열심히 다니고 주말에 과외를 받은 덕분이다.

그러다 보니 제대로 쉴 시간이 없어서 자주 아팠고, 병원에 다니느라 지각과 조퇴가 잦았다. 수업 시간에 교과서 위로 코피가 뚝뚝 떨어진 적도 여러 번이었다.

그럴 때마다 '왜 매일 학교에 가야 할까?', '이틀에 한 번만 학교에 가고, 남는 시간에는 집에서 공부하면 안 될까?', '왜 성적을 올리고 수행 평가를 해야 할까?' 이런 고민을 선생님께 토로했다. 선생님은 사내 녀석이 생각이 너무 많고 예민하다며 공부에 집중하면 쓸데없는 생각이 사라진다고 조언했다. 나는 순식간에 예민한 사람이 되어 버렸다.

아빠한테 속마음을 털어놓았더니 고등학교 진학을 1년 늦추거나 포기해도 좋다고 했다. 대신 집에서 어떻게 시간을 보낼지 계획서를 작성하라고 했다. 교사인 엄마도 우리나라 교육 방식에 적응하지 못할 수도 있는 거라며 내 선택을 응원해 줘서 홈스쿨링을 시작했다. 잠을 푹 자고 오후 1시부터 문화 센터에 나가 춤, 글쓰기, 요리, 영화 촬영을 즐겁게 배웠다.

어느덧 자전거가 게스트 하우스 앞에 멈춰 섰다. 누나 얼굴이 붉어졌고 이마에는 땀방울이 맺혀 있었다.

자전거에서 내리면서 "아리가토 고자이마스."라고 또 말하기 머쓱해 이번에는 "땡큐."라고 말했다.

숙소로 들어갔다. 하얀 강아지 두 마리가 뛰어나왔다. 누나가

두 마리를 품에 안고 머리를 쓰다듬었다. 이른 시간이라서 다른 투숙객들은 아직 돌아오지 않았다.

네 명이 함께 쓰는 방에 들어가 가방을 정리하고 침대에 드러누웠다. 그러고는 버릇처럼 휴대폰을 꺼내 카톡을 확인하다가 휴대폰을 다시 내려놓았다. 중학교 친구들이 단톡방에 올린 고등학교 소풍, 수학여행 사진을 비롯해 중간고사 일정표를 보면 마음속에 찬바람이 지나갔다. 친구들에게 놀러 가자고 해 봐야 평일에는 시간이 전혀 없고, 주말에는 시험 준비, 조별 과제, 수행 평가를 한다며 바쁘다고 했다. 어렵게 만나도 시험 이야기와 선배, 담임 흉을 보기 바빠 끼어들 수 없었다. 성적이 올랐다고, 경시대회에서 수상했다고 자랑하는 녀석 앞에서는 왠지 작아지는 느낌이었다. 나만 집에서 허송세월하며 노는 것 같았다. 더욱이 문화 센터 수업 시간에 좋은 평을 받은 글을 문학 공모전에 내려고 하는데, 고등학교 재학생만 참가 가능하다고 할 때면 내년엔 입학해야 할까, 깊은 고민에 빠진다. 그래서 며칠 뒤에 시작하는 문화 센터 가을 학기의 수업 신청을 하지 않았다.

휴게실에서 물을 마시며 컴퓨터 앞에 앉아 인터넷에 접속했다. 한국 포털 사이트를 클릭하니 최신 뉴스에 한 달 앞으로 다가온 수능 소식이 가득했다. 한숨을 내쉬며 인터넷 창을 닫았다.

오후 6시가 넘어 어두워지자 대학생쯤으로 보이는 형, 누나 여러 명이 게스트 하우스로 들어왔다. 온종일 돌아다녔는지 모두 얼굴이 까무잡잡했다. 이 형들 세 명이 나와 같은 방을 쓴다. 발 냄새가 나서 창문을 활짝 열었다.

"내일 한국으로 가면 또 취직 준비로 정신없으니까 오늘 화끈하게 놀자!"

키가 큰 형이 먼저 샤워장으로 향했다.

저녁을 먹으러 휴게실에 갔더니 누나들이 나를 불렀다.

"김치볶음밥이 많으니까 같이 먹어요. 일본 음식만 먹다 보면 매운 음식이 땡겨요."

저녁을 어떻게 먹어야 할지 고민하던 차라 고맙다고 말하며 식탁 앞에 앉았다. 대학생들은 어떤 이야기를 나눌지도 궁금했다. 봄부터 문화 센터에서 남녀노소 가리지 않고 만나다 보니 낯가림이 없어졌다.

김치볶음밥은 너무 느끼했다. 참기름 범벅이었고, 안 익은 김치라서 생배추에 고춧가루를 뿌린 것 같았다. 이런 맛은 난생처음이라고 말하려다 참았다. 형, 누나 들은 이미 소주를 잔뜩 마신 뒤라 김치볶음밥 맛을 제대로 느끼지 못하는 듯했다.

"고등학생이죠? 학기 중에 어떻게 여행을 왔어요?"

역시 빠지지 않는 질문이었다. 없던 밥맛이 완전히 떨어지는 순간이었다.

"외고에 다녀요."

갑자기 왜 외고라고 했는지 나도 모르겠다. 외고에 다니는 친구 녀석을 나도 모르게 부러워하고 있던 걸까.

"어느 외고? 무슨 과?"

현대외고 영어과라고 얼버무렸다. 다들 영어를 잘하냐, 미국에 살다 왔냐, 이런 질문을 이어 나갔다.

"미국에 가 본 적도 없고 1학년이라서 영어 잘 못해요."

"내 동생도 중학교 2학년인데 외고 보내고 싶어. 어떻게 준비해야 해?"

이렇게 개인 정보를 캐묻는 질문들이 지겨워질 때, 한마디만 하면 다들 입을 다문다.

"형, 누나 들은 어느 대학에 다니세요? 취업 준비는 어떻게 하시는지?"

"우린 한국대 다니고, 졸업 여행 온 거야. 고등학생이 혼자 여행 올 정도면 집이 잘사나 봐!"

키가 큰 형이 소주를 맥주잔에 가득 따라서 단숨에 마셨다. 한국대면 우리나라에서 최고 명문대로 인정을 받았다.

그 이후 아무도 입을 열지 않아 술잔에 소주 따르는 소리만 들렸다. 그때, 요리를 못하는 누나가 우리 옆으로 강아지를 안고 지나가는 알바생 누나를 가리켰다.

"강아지 이름이 수다랑 말빨이래! 완전 웃기지."

"알바생, 개그우면 닮았지. 바보 연기 잘하는, 좀 미련한 캐릭터 있잖아!"

소주와 맥주를 섞어 마시던 형이 알바생 누나를 흘깃 보았다.

"비슷해! 근데 왜 말을 안 하지? 장애는 아닌 것 같아."

대학생들이 알바생 누나를 보며 비웃었다. 주방 정리를 하느라 누나는 그 상황을 전혀 알아차리지 못했다.

"한국말을 못 알아듣는다고 함부로 말하면 안 되죠."

나도 모르게 목소리가 커졌다.

"뒷담화가 죄냐? 미안하다! 공부 잘하니까 아주 인성도 훌륭하네."

키가 큰 형이 나를 노려보았다.

분위기가 싸늘해졌다. 나는 수저를 내려놓고 방으로 들어갔다.

커튼 사이로 아침 햇살이 살며시 들어왔다. 형들이 코를 골아 늦잠을 잘 수 없었다. 일찍 일어나도록 도와줘서 고맙다고 해야 할까.

청색 남방을 입은 형은 방 한쪽에서 팔 굽혀 펴기를 하고 있었다. 빨리 준비하지 않으면 샤워장 사용이 불편할 것 같아 가방 안에 잘 접어 놓은 티셔츠를 꺼냈다. 그때 안쪽에서 뭔가 바닥으로 떨어졌다. 흰 봉투였다. '씩씩한 아들에게!'라고 적혀 있었고, 그 안에 2만 엔이 들어 있었다. 멋지게 흘려 쓴 글씨를 보니 엄마의 목소리가 들리는 것 같았다.

샤워를 마치고 밖으로 나와 드라이어로 머리를 말리고 있었다.

"야! 욕실화에 물이 묻으면 닦아야지. 외고에서는 그런 교육도 안 받았냐?"

키가 큰 형이 나를 노려보며 양말을 벗었다.

"전 샤워할 때 욕실화를 신지 않고 맨발로 들어갔어요!"

덩달아 내 목소리도 커졌다. 내가 들어가기 전, 청색 남방을 입은 형이 샤워를 했는데 그때 욕실화가 젖은 모양이었다.

지켜보던 알바생 누나가 걸레로 욕실화를 닦았다. 형은 사과도 하지 않고 욕실 문을 세게 닫았다. 당장 게스트 하우스를 옮기고 싶었지만 대학생들이 오늘 떠난다고 하니 참기로 했다.

알바생 누나가 갓 구운 토스트와 잼을 내밀었다. 아침에는 따스한 국과 밥을 먹는 습관이 있어서 머뭇거리는데 내 표정을 살피던 누나가 종이에 삐뚤삐뚤한 글씨로 '국, 밥?' 이렇게 적었다. 고개를 끄덕였더니 이번에는 '松屋(송옥)'이라는 한자와 함께 지도를 그려 줬다. 가방 안쪽에 여권을 넣고 숙소를 나섰다.

골목을 빠져나가 모퉁이를 돌았다. '松屋'이라고 적힌 간판이 보였다. 그곳은 24시간 운영하는 작은 식당이었다. 모닝 세트 메뉴에는 밥과 국, 고기와 샐러드가 나오고, 가격도 저렴했다.

식권 발권기로 결제하자 곧 밥이 나왔다. 뜨거운 김이 올라오는 밥을 보니 엄마가 차려 주는 아침 식사가 떠올랐다. 늦게 일어나도 밥은 꼭 먹고 가야 한다고, 좀 늦어도 문제없다고 말하던 엄마. 수업 시간에 피곤해하는 아이에게는 잠깐 눈 붙일 시간을 허락하는 특이한 선생님이다. 그런 까닭에 아이들한테는 인기가 많았지만 교장, 교감한테는 성과를 못 내는 무능한 교사로 찍혔다.

든든하게 배를 채웠더니 형한테서 받은 스트레스가 사라졌다.

가게를 나와 조금 걸어가자 우에노역이 나왔다. 출근 시간이 지났지만 아직 회사원들로 붐볐다.

횡단보도 앞에 서서 신호등이 바뀌기를 기다리고 있었다. 마침 지나가던 차가 멈추더니 파란색 제복을 입은 남자가 내렸다. 나도 모르게 가방에서 여권을 꺼내 만지작거리는데 다시 보니 경찰차가 아니라 택시였다.

한참을 걸어 전자 상가가 모여 있는 아키하바라를 지났다. 아침의 서늘한 기운이 사라지면서 햇살이 거리를 가득 채웠다. 한국이었다면 지금도 잠을 자고 있을 시간이었다. 오랜만에 아침의 여유를 만끽했다.

도쿄역으로 가려고 길을 틀었다. 넓은 잔디밭이 보였다. 교복을 입은 학생들이 단체로 소풍을 나온 것 같았다. 여럿이 함께 과자를 먹으며 이야기를 나누는 모습이 낯설었다.

학교에 다니지 않으니 올해는 한 번도 소풍을 가지 못했다. 체육 대회에도 참가할 수 없었다. 작년 중학교 체육 대회 때는 축구 경기에서 득점을 가장 많이 한 베스트 선수로 뽑혀 선물도 받고, 지역 대회에 나가기도 했다. 문화 센터는 체육 대회도 소풍도 없다. 함께 수업을 듣는 사람들과는 몇 달 동안의 수업이 끝나면 다시 만나기 어려웠다.

교복 입은 학생들을 피해 길을 건너 여기저기 돌아다녔다. 한국에서 본 적 없는 신기한 것을 봐도 이야기를 나눌 사람이 없었다. 사진도 셀카로 찍어야 했다. 입을 다물고 계속 걷기만 했더니 여행이 아니라 걷기 훈련 같았다.

편의점에서 삼각김밥을 사 먹고 다시 우에노로 돌아왔다. 게스트 하우스로 돌아가기에는 이른 시간이라 근처에 있는 큰 시장을 구경했다.

출출해서 막대에 꽂아 파는 파인애플 한 조각을 사 먹으며 걷다가 야한 사진이 잔뜩 붙어 있는 가게 앞을 지났다. 매장이 무려 3층이나 되는 대형 성인용품점이었다. 할머니와 할아버지, 젊은 남녀가 거리낌 없이 그 안으로 들어갔다.

주변을 흘깃거리며 사진을 보고 있는데 빨간 모자를 쓴 여자가 가게에서 당당하게 나왔다. 모자가 낯익어 눈여겨보다가 여자와 눈이 마주쳤다. 알바생 누나였다. 누나는 웃으면서 손을 흔들었다. 이럴 때는 역시 말이 안 통해서 좋았다.

누나가 성인용품점 앞에 있는 허름한 규동집을 가리켰다. 오랫동안 걸어서 허기가 진 것을 어떻게 알았을까.

누나가 규동 두 그릇 시켰다. 느끼하지 않았고, 한국인의 입맛에 맞았다.

밥을 먹고 가게를 나왔다. 누나가 계산을 하며 살며시 웃었다. 성인용품점에 갔던 것을 비밀로 해 달라는 뜻 같았다.

너무 나른해서 숙소에서 낮잠을 자고 저녁에 다시 밖으로 나와 구경을 할 생각이었다. 자전거를 얻어 타고 게스트 하우스로 돌아가는데 누나가 사거리에서 갑자기 방향을 틀었다.

우에노 공원 입구에는 큰 나무가 많았다. 한국보다 일찍 단풍이 들었다.

누나가 자전거를 세운 뒤 따라오라고 손짓했다. 나무 그늘에서는 그림 전시회가 열렸고, 공원 곳곳에서 기타, 바이올린을 연주하는 사람이 많았다. 가을 축제가 한창이었다.

누나는 작은 무대 쪽에 서 있는 한 아저씨와 인사를 나누었다. 머리가 살짝 벗겨진 아저씨가 나를 보며 손을 흔들었다. 무대 중앙에는 'DANCE WITH ME!'라고 적힌 현수막이 걸려 있었다.

누나는 무대 옆 구석에 있는 천막 안으로 들어가더니 헐렁한 하늘색 옷으로 갈아입고 나왔다.

휴대폰에 '춤 공연하세요?' 이렇게 입력 후 일본어로 번역해서 누나에게 보여 줬다. 누나가 고개를 끄덕이며 웬 안내장을 내밀었다. 뜻을 알 수 없는 일본어 문장 끝에 적힌 'WELCOME, DANCE ACADEMY'가 눈에 들어왔다. 그 옆에 그려져 있는 약도를 보니 아까 본 성인용품점 건물 4층이었다. 누나는 댄스 학원에서 춤 연습을 하고 나오다가 나와 마주친 것이었다.

잠시 뒤, 공연이 시작되었다. 평일 오후라 관객이 많지 않았다.

남자와 여자가 한 쌍을 이뤄 춤을 췄다. 음악도 없이 춤에만 집중해야 하는 공연이었다. 지루해서 하품이 나왔다.

공연 중간 쉬는 시간, 누나는 가방에서 물병을 꺼내 물을 한 모금 마시고는 무대로 올라갔다. 눈부신 가을 햇살이 누나 곁에 내려 앉았다. 누나의 눈빛이 더 반짝였고 자신감도 넘쳐 보였다. 박수 소리가 너무 작아서 내가 호들갑스럽게 손뼉을 쳤더니 사람들이 힐끗거렸다. 동원된 티가 났나 보다.

누나는 한 마리 파랑새처럼 양팔을 휘저으며 무대 끝에서 끝을 마음껏 뛰어다녔다. 문화 센터에서 선생님이 춤은 자유롭게, 그 순간 추고 싶은 대로, 끓어오르는 에너지를 담으면 된다고 했다. 누

나도 그 가르침을 이미 알고 있는 듯 자유로이 춤을 췄다. 발레 같
기도 하고 한국 전통 춤 같기도 했다. 문화 센터에서 만난 아이돌
지망생 동생이 봤다면 막춤의 대가라고 했을 것이다.

춤을 추는 동안 누나는 진지했고, 열기로 얼굴이 붉게 달아올랐
다. 그사이 한두 명씩 사람들이 자리를 떠났지만 춤에 빠져 있는
파랑새는 눈치채지 못했다. 물아일체의 경지였다.

얼마나 지났을까. 무대에서 내려온 누나의 얼굴에 땀이 가득했
고 어디에선가 알코올 냄새가 나는 것 같았다. 누나는 다시 가방에
서 물병을 꺼내 한 모금 마셨다.

잠시 뒤 마이크를 잡은 아저씨가 일본어로 한참 뭐라 말했고 이
어서 박수 소리가 들렸다. 그런데 무대에는 아무도 올라가지 않았
다. 누나가 손뼉을 치며 나를 가리켰다. 몇 안 되는 사람들이 모두
나를 보기 시작했다. 나한테 춤을 추라는 뜻이었다. 나는 양손을
내저었지만 박수 소리가 계속 이어졌다. 수업 시간에 몸치라고 놀
림을 자주 받았던 나였다. 그런데 생각해 보니 지금 여기에는 나를
아는 사람이 한 명도 없어서 춤을 못 추더라도 창피하지 않을 것
같았다. 누군가 놀리더라도 일본말을 못 알아들으니 상관없었다.

점퍼를 벗고 무대에 올라가다가 누나한테 물을 달라는 시늉을
했지만 누나는 물병 뚜껑을 닫고 가방에 넣어 버렸다. 어쩔 수 없
이 바로 무대로 올라가서 문화 센터에서 화요일마다 배웠던 춤을

추기 시작했다. 연습실이 아닌 무대에서 춤을 추는 것은 처음이었다.

관객석에 앉아 있는 사람들과 마주칠 때마다 얼굴이 화끈거리고 동작이 뻣뻣해졌지만 어느 순간 사람들의 시선을 의식하는 대신, 마음 가는 대로 몸을 움직이고 있었다. 몸에서 뜨거운 열이 올라왔다.

실컷 춤을 추다가 정신을 차리고 보니 사람들의 박수 소리가 들려왔다.

고개를 숙이고 무대 아래로 내려왔다. 누나가 음료수를 건네며 엄지손가락을 치켜세웠다. 다리가 후들거렸고 몇 분 전의 일이 꿈만 같았다. 미리 알았다면 조금 더 잘할 수 있었을 텐데, 뒤늦은 후회를 했다.

몇 팀이 더 춤을 추고 드디어 공연이 끝났다. 누나는 할 일이 있다며 나에게 먼저 자전거를 타고 가라고, 한글로 번역한 메시지를 보여 줬다. 정리를 도와주겠다고 했지만 누나가 등을 떠밀어 자전거를 타고 숙소로 돌아왔다.

잠깐 자고 일어났더니 한 시간이 지나 있었다. 창밖엔 해가 지기 시작했다. 춤을 추느라 긴장했던 탓에 눕자마자 바로 잠이 들었나 보다.

휴게실에 가서 식탁 위에 있는 물병의 물을 컵에 따라 마셨다. 혀가 물맛을 느끼는 순간 개수대로 달려가서 뱉어 내고 수돗물로 입안을 헹궜다. 물이 아니라 소주였다. 식도가 뜨거웠고 헛구역질이 나왔다. 다시 보니 누나가 들고 다니던 물병이었다.

마침 주인아줌마가 휴게실로 들어왔다.

"누나는 소주를 왜 물통에 넣어 두고 마셔요?"

수돗물로 입을 여러 번 헹궈도 알코올 냄새가 사라지지 않았다.

"공연할 때 잘하려고 그랬을 거야. 춤출 때 가장 행복하대!"

누나한테서 풍겼던 알코올 냄새의 정체를 알 것 같았다. 음주 운전을 하지 않으려고 나한테 자전거도 맡겼었나 보다.

"근데 알바생 누나는 한국말을 못 해요?"

주변을 둘러보며 조심스럽게 물었다.

"한국말을 잘 못하니까 서로 편해. 큰일도 아닌데 사소한 말 한 마디 때문에 싸울 때가 많잖아. 근데 상오는 언제 한국에 가?"

"현장 체험 신청해서 며칠 더 있으려고요."

한국에 돌아가 봐야 할 일도 없고 만날 사람도 없었다.

욕실에서 나온 누나가 강아지들을 안고 간식을 주었다.

"왜 강아지 이름이 수다와 말빨이에요? 누가 붙였어요?"

"이름이 재미있지?"

아줌마가 웃으며 방에 들어갔다.

저녁에 새 투숙객이 들어왔다. 한국에서 온 여자 두 명이었다. 남자 방에는 아무도 오지 않아 나 혼자 편하게 쓸 수 있었다.

투숙객들과 함께 식사하지 않으려고 편의점에서 초밥 도시락을 사 와 방에서 혼자 먹었다. 식사를 마치고 정리하다가 간장을 바닥에 흘려 깨끗하게 닦고, 창문을 열어서 환기시켰다.

정리를 끝낸 후 욕실에 들어가 손을 씻었다. 욕실 앞에서 머리가 긴 여자가 누군가와 통화를 하며 애교를 떨어 댔다.

밥을 든든하게 먹었더니 다시 게스트 하우스 밖으로 나가기 귀찮아져서 옥상으로 올라갔다. 골목에 있는 가로등에 환한 불이 들어왔다. 자동차 소리도 들리지 않고 고요했다. 낮보다 쌀쌀했지만 견딜 만했다. 바람에 습기가 가득했다. 마당 구석에 있는 조그만 잔디밭에서 강아지들이 놀고 있었다. 현관문을 제대로 닫지 않아 그 틈으로 나온 것 같았다. 지금까지 아파트에서만 살아온 나에게는 그림에서나 보던 풍경이었다.

음악을 들으려고 휴대폰을 꺼내면서 메시지를 확인했다. 먼저 연락 온 중학교 친구는 한 명도 없었다. 문화 센터에서 만난 형, 누나 들이 수업 신청을 왜 안 했냐고 묻는 메시지를 보내왔다. 답할 핑계를 찾고 있는데 1층에서 날카로운 여자 목소리가 들려와 아래로 내려갔다.

"방바닥에 놓아둔 작은 화장품 가방이 없어졌어요. 그 속에 5만

엔이 들어 있어요. CCTV 없어요?"

머리가 긴 여자가 모든 사람을 의심의 눈초리로 살펴보았다.

"방에 누가 카메라를 설치해? 잘 찾아봐."

아줌마가 대수롭지 않게 말했다.

"통화 끝내고 샤워하려고 분명히 바닥에 놓아뒀어요. 아무리 찾아도 없어요."

여자는 붉으락푸르락한 얼굴로 자꾸 나를 힐끔거렸다. 내가 밖으로 나가면서 가져갔다고 의심하는 것 같았다.

"전 아니에요. 제가 왜 여자 방에 들어가요?"

가방을 찾지 못하면 여자는 경찰에 신고할 것 같았다. 여자가 고개를 돌려 알바생 누나를 바라보았다.

"방금 전까지 어디 있었어요?"

누나는 절대 아니라는 듯 손을 내저었다.

"답답하니까 말을 해요, 말을! 한국말이든 일본말이든 말을 해요. 말 못 하는 장애인이에요?"

알바생 누나가 연신 양손을 내저었지만 여자는 경찰에 연락하겠다고 화를 내며 소리를 질렀다. 아무리 숙소를 둘러보았지만 작은 가방은 보이지 않았다. 그러다가 우연히 밖을 내다보았다. 강아지들이 눈에 들어왔다.

나는 맨발로 잔디밭을 향해 뛰어갔다. 어두컴컴해서 잘 보이지 않아 휴대폰 플래시를 켜고 살펴보니 강아지들이 물어뜯어 너덜너덜해진 조그마한 가방이 보였다. 그 안에는 비닐봉지로 싼 만 엔짜리 지폐 뭉치가 있었다. 조금만 늦었다면 녀석들이 지폐도 물어뜯을 뻔했다.

가방을 들고 숙소로 들어가 여자한테 건넸다.

"강아지들이 가져갔잖아요. 누나한테 먼저 사과하세요."

"말을 하면 되는데 입을 열지 않아서 그런 거잖아! 이 개새끼들아, 왜 그걸 집어가?"

여자는 강아지한테 삿대질을 했고, 그래도 화가 안 풀렸는지 발로 걸어찰 기세였다. 강아지들이 낑낑거리며 누나 곁으로 갔다.

"왜 제, 제 가…… 강아지하, 한테 요, 욕을 해요, 오!"

누나가 말을 다 마치기까지는 시간이 꽤 필요했다.

"뭐라는 거야? 말 좀 알아듣게 똑바로 해요!"

여자가 또다시 버럭 소리를 질렀다.

"가, 강아, 아지하, 하한테 화, 화내지 마, 마세, 세요."

말을 하려고 할 때마다 입가가 일그러졌다.

"뭐라고요? 말이나 똑바로 해요. 그리고 개 주인이면 이 가방값이나 물어내요."

여자가 누나 앞에 찢어진 가방을 흔들었다.

"말을 더듬을 수도 있지, 왜 그렇게 면박을 주세요? 예의를 좀 지키세요."

"어린놈이 뭔 참견이야! 넌 빠져."

"어린 사람은 참견하면 안 되나요? 왜 반말이에요? 저 본 적 있어요?"

나도 질 생각이 없었다. 지켜보던 아줌마가 나에게 방으로 들어가라며 손짓했다.

"가방값이랑 숙박비를 돌려줄 테니까 다른 숙소로 옮기세요. 옆에도 한국인이 운영하는 게스트 하우스 많아요."

아줌마가 지갑을 열고 만 엔짜리 지폐를 세기 시작했다.

"뭐 이런 데가 다 있어? 숙소 예약 사이트에 평점을 빵점 줄 거예요."

돈을 챙긴 여자와 그 일행이 게스트 하우스를 나가면서 현관문을 세게 닫았다. 집이 흔들릴 정도였다.

알바생 누나가 물병에 담긴 소주를 꺼내 단숨에 마셨다. 강아지들도 눈치를 보며 구석에 숨어 있었다. 아줌마는 말없이 한숨을 내쉬었다.

누나가 휴대폰 메모장에 글자를 입력하는데, 손가락이 정말 빠르게 움직였다.

- 고마워. 말을 심하게 더듬으니까 사람들이 무시하거나 놀려서
  말을 안 해.

누나는 아까 도둑이라고 의심을 받았을 때도 흥분하면 더 심하게 말을 더듬거리기 때문에 입을 다물고 있었다고 한다. 그런데 수다와 말빨이를 욕하니까 참을 수 없었던 것이다. 강아지들은 누나가 말을 더듬고, 사람들한테 인정받지 못해도 좋아해 줬으니까. 누나가 왜 녀석들의 이름을 수다와 말빨이라고 붙였는지 알 것 같았다.

"말을 안 하려고 일본에서 일하는 거예요?"

- 이모가 운영하는 게스트 하우스야. 일본어도 배울 겸 해서 왔어. 말을 안 하고, 대신 사람들의 얼굴과 행동을 주의 깊게 살피다 보니 더 많은 것을 알 수 있어. 말을 안 하면 싸울 일도, 마음 상할 일도 없지. 특히 너는 처음부터 편했어.

"왜요?"

- 부모님이 우리한테 연락해서 아들을 잘 부탁한다고 말했어.

부모님은 주인아줌마한테 내가 문화 센터에서 춤, 글쓰기, 영화 촬영을 배우고, 요즘 무슨 고민을 하는지 미리 전해 주었다고 한다. 얼굴이 빨갛게 달아올랐다. 외고생이라고 말할 때 누나가 무슨 생각을 했을까.

- 내가 한국말을 모르는 줄 알고 투숙객들은 내 앞에서 거리낌 없이 수다를 떨거나 전화 통화를 하면서 속마음을 드러내.

누나는 어제 만난 형들이 사실은 형편이 어려워 고등학교를 중

퇴하고 공장에 다니면서 돈을 모아 처음으로 해외여행을 온 거라고 알려 줬다. 키가 큰 형이 왜 나한테 화를 냈는지 이해가 됐다.

누나는 게스트 하우스에 머물렀던 사람들이 각자의 마음 깊은 곳에 숨겨 놓은 많은 사연을 알고 있었다. 가정 폭력을 피해 도망치듯 여행 온 여성, 가족이 자살해서 충격을 받고 집을 떠나 온 사람, 20대에 암에 걸려 친구들과 마지막 여행을 온 청년의 이야기를 들려줬다. 애인 몰래 다른 사람과 여행 오기도 하고, 돈을 안 갚고 도망 온 사람도 제법 많단다.

"저한테는 편하게 말하세요."

"고, 고마, 워."

누나의 입가가 미세하게 떨렸다. 나도 다른 사람의 표정이나 행동을 유심히 살피기 시작했다.

구석에 숨어 있던 강아지들이 달려 나와 누나한테 안겼다. 무대에서 최선을 다해 춤추던 누나의 모습이 떠올랐다. 춤을 추는 동안은 말을 하지 않아도 되니 더 춤에 빠져든 것은 아닐까.

방에 들어가 침대에 누웠다. 혼자 있어서 방이 더 커보였다. 문득 어젯밤 만났던 형들이 떠올랐다. 그리고 이곳에 머물렀던 사람들이 쉽게 털어놓지 못한 많은 이야기들도.

휴대폰이 울려 확인해 보니 문화 센터에서 친하게 지냈던 형이 보낸 메시지가 있었다. 문화 센터 수강생 모집을 곧 마감하니 서두

르라는 공지 사항이었다. 인기 강좌들에 신청자가 많았나 보다.

문화 센터 홈페이지에 접속해 수업 목록을 살펴보았다. 평소 듣고 싶었던 수업의 정원이 한 명 남아서 바로 신청했다. 하마터면 수업을 듣지 못할 뻔했다. 나를 자유롭게 하는 춤 수업도 신청했다. 개강은 이틀 뒤였다. 항공사 어플을 클릭해 내일 아침 인천 공항으로 가는 항공권을 예매했다. 강아지들이 짖어 대 뒤를 돌아보니 누나가 나를 지켜보고 있었다.

"여, 여귀언, 자, 자, 잘 채, 챙겨."

여권을 가방 깊숙이 잘 넣어 두었다.

"상오, 내일 아침에 한국에 가면 송별회 해야지!"

아줌마가 먹을거리를 사러 마트에 같이 가자고 말했다.

항공권 예약을 마치고 옷을 챙겨 밖으로 나갔다. 도쿄에서의 마지막 밤이 깊어 갔다.

밥도둑을
기다리며!

저녁 식사 전에 반찬 배달을 끝내려면 서둘러야 한다.

'밥도둑 반찬' 오늘의 메뉴는 한우 장조림, 시금치무침, 어묵볶음 그리고 감기에 좋다는 콩나물북엇국이다. 사장님인 엄마는 스스로를 '왕곡동 대장금'이라고 말할 만큼 반찬 솜씨가 뛰어났다. 다만 몇 가지 비밀을 폭로하자면 장조림은 한우가 아니라 호주산 소고기로 만들었다. 화학조미료도 전혀 쓰지 않는다고 광고하지만 다시다와 미원을 조금씩 넣었다. 거짓 광고는 하지 말라고 했더니 조미료의 성분인 MSG가 몸에 해롭지 않다는 연구 결과를 늘어놓는 대장금님. 그리고 조미료 맛에 익숙한 손님들을 위한 배려라고 덧붙이기까지 했다. 이쯤 되면 합리화의 달인이었다.

온종일 반찬을 만든 탓에 집 안에서 이상한 냄새가 풍기는 것 같아 창문을 활짝 열었다. 순식간에 불어오는 차가운 바람에 블라인드가 요란하게 흔들렸고, 엄마가 기침을 심하게 해서 문을 도로 닫았다.

텔레비전 기상 예보를 보니 모스크바보다 우리나라가 더 춥다는데, 두 시간 동안 자전거를 타고 아파트 단지와 골목을 누벼야 한다. 벌써부터 동상에 걸린 듯 손끝으로 시린 통증이 전해지는 기분이었다. 자전거로 배달이 가능한 열다섯 곳은 내 몫이고 나머지는 엄마가 차로 배달한다. 일을 돕던 알바생 누나가 지난주에 갑자기 관두는 바람에 내가 고생을 하고 있다.

엄마는 포스트잇 메모를 반찬통에 붙였다. 사장님만의 힐링 감성 마케팅이었다. 어묵볶음에는 '거센 파도를 이겨내고 태평양으로 가는 물고기처럼 힘차게!'라고 적혀 있었다. 라디오 방송 오프닝 멘트 같았다. 태평양으로 가던 중 그물에 걸려 원치 않게 어묵으로 다시 태어난 비운의 이름 모를 물고기를 애도하자고 적어야 하지 않을까? 예상외로 손님들은 이 짧은 메모를 좋아했다.

"알바비 많이 줄 거지? 시간당 2만 원 안 주면 고발할 거야!"

손끝에 연고를 발랐다. 장조림에 들어가는 메추리알 껍질을 벗기느라 손가락이 부르텄다.

엄마도 목과 팔꿈치에 피부 연고를 발랐다. 며칠 전부터 온몸이 가렵다면서 계속 긁더니 피가 나고 피부가 딱딱해졌다. 하지만 일하느라 엄마는 피부과에 갈 시간이 없다.

"탄호야, 인생 공부하는 셈치고 오늘도 고생해라."

엄마가 먼저 나갔다.

나도 반찬 가방을 들고 나가면서 모자를 푹 눌러썼다. 목도리로 머리를 감싸고 마스크로 얼굴을 가리는 것도 잊지 않았다. 우리 학교 아이를 만나면 낭패다.

몇 달 전까지 엄마는 아파트 상가에서 반찬 가게를 했다. 하지만 임대료가 오르고 주변에 다른 반찬 가게가 많아지면서 장사가 안돼 고민 끝에 집에서 반찬을 만들어 배달하기로 했다. 세 가지 반찬과 국을 일주일에 다섯 번 배달해 주고 20만 원을 받는다. 맛있고 저렴하다고 소문이 나서 손님이 꾸준히 늘고 있다.

반찬 배달은 장점이 많았다. 가게가 필요 없으니 임대료를 아낄 수 있고, 직원이 없으니 고정 지출이 거의 없다. 이뿐만 아니라 예전에는 수십 가지 반찬을 만드느라 바쁘고, 안 팔리면 버려야 했지만 지금은 세 가지만 만들면 돼 편하다. 그만큼 이득이 늘었다.

푸른숲 아파트로 들어가며 주차장 입구에 서 있는 거울을 보았다. 옷차림이 영락없이 지리산으로 등산가는 아재였다. 북극 눈밭 위를 뒹굴어도 얼지 않을 두꺼운 등산 바지를 입었지만 그래도 다리가 시렸다. 내일부터는 내복을 더 껴입어야겠다. 두툼한 가죽

장갑을 끼고 자전거 핸들을 잡았지만 손도 시렸다.

101동으로 들어가 배달을 시작했다.

초인종을 누르고 반찬 배달 왔다고 외쳤다.

다른 가게들은 음식을 문 앞에 두고 가지만 우리 가게는 소통 배달을 원칙으로 한다. 차별화 전략이라고나 할까. 인사도 나누면서 어제 음식 맛이 어땠는지 직접 듣다 보니 단골 손님이 늘었다. 예전 알바생 누나는 이런 오지랖 넓은 친절을 싫어해서 관두었을지도 모른다.

103호 할머니는 어제 잡채에 참기름이 많이 들어가서 느끼하다고 투덜거렸다. 204호 아저씨는 오이무침이 달다고, 설탕이 당뇨병의 원인이라며 구시렁거렸다. 수십 명의 입맛을 맞추는 것보다 수능 시험 만점을 받는 것이 더 쉬울 것 같다.

503호 할아버지는 어느 학교에 다니는지, 공부는 잘하는지 쉬지 않고 물었다. 혼자 살다 보니 이야기할 사람이 필요한 것일까?

703호에는 아무도 없어서 전화를 했다. 욕쟁이 할머니가 반찬을 문 앞에 두고 가라고 했다. 카랑카랑한 목소리는 건강하다는 증거였다. 북엇국이 얼 수도 있다고 말하며 전화를 끊었다. 그 할머니는 보름 전 집에서 쓰러졌는데 마침 옆집 사람이 발견해 119에 신고했다고 한다. 그 소식을 들은 아들이 반찬 배달을 주문하면서 잘 살펴 달라고 부탁했다.

계단을 뛰어다니느라 몸에서 열이 났고 등에서는 땀이 흘렀다. 며칠 더 하면 몸살이 올 것 같다. 엄마는 어떻게 매일 반찬을 만들고 배달까지 했을까.

아파트 배달을 마치고 우리 동네에서 가장 낡은 원룸 빌라에 도착했다. 벽에 붙은 장식용 타일이 떨어져 곳곳에 상처가 난 것 같다. 지난여름, 한반도를 강타한 태풍에 무너져 내리지 않고 버티는 것이 신기하다.

3층으로 올라가 2호 초인종을 눌렀다.

혼자 살면서 국어 교사 임용 시험을 준비하는 아저씨가 나를 반겼다. 타 지역에 사는 어머니가 아들이 식사를 거를까 봐 걱정이라면서 반찬 배달을 신청했다. 하지만 아저씨는 그 누구보다 밥을 잘 챙겨 먹는 것 같다. 출렁거리는 뱃살이 증명했다.

"잡채를 가장 좋아하는데 양이 너무 적더라. 다음부터는 반찬을 많이 넣어 줘!"

아저씨는 30대 중반인데 면도를 하지 않고, 머리카락도 많이 빠져서 40대로 보인다. 고시생이라고 온몸으로 광고하는 비주얼이었다. 엄마한테 말해서 채소 반찬을 더 챙겨 줘야겠다.

"기말고사 국어 시험 어렵지 않아? 내가 언제든 도와줄 테니 문제집 가지고 와라! 공짜 과외!"

푸근하게 웃는 아저씨를 볼 때마다 3년 전에 암으로 세상을 떠난 아빠가 떠오른다. 날씬해서 청바지가 잘 어울렸던 아빠도 지금 살아 계셨다면 저렇게 아저씨로 변했을까?

"며칠 뒤에 시험 결과 발표야! 합격하면 나랑 베그 한판 하자!"

아저씨의 수다는 끝이 없었다. 혼자 사는 사람들은 나를 붙잡고 이야기 폭탄을 터트렸다.

5시 전에 배달을 무사히 마치고 집으로 돌아왔다.

문 앞에는 내일 반찬 재료가 쌓여 있었다. 쪽파와 대파의 알싸한 냄새를 맡으니 손끝이 저리는 느낌이었다. 쪽파를 다듬는 것도 내 몫이다. 손님이 다섯 명 더 늘어야 조리 도우미 알바생을 쓰겠다고 고집부리는 왕곡동 대장금님. 밥도둑이 아니라 청소년 열정 도둑이나 마찬가지였다.

등산복을 갈아입고 소파에 누워 과자를 집어 먹다 나도 모르게 깜빡 잠이 들었던 것 같다. 시끄럽게 울려 대는 전화 소리에 눈을 떴다.

"학생! 반찬 배달 아직 안 했어?"

욕쟁이 할머니가 귀에 대고 고함을 질렀다.

이번 주에 101동에서 반찬이 세 번이나 없어졌다. 왕곡동 반찬 장발장을 어떻게 잡아야 할까?

옷을 대충 챙겨 입었다. 다시 자전거를 타고 아파트로 가 할머니한테 반찬을 건넸다.

"썩을 놈! 장조림이 얼마나 한다고 훔쳐 가냐! 잘 먹고 천년만년 살아라!"

누가 보면 금은보화로 양념한 장조림이 없어진 줄 알만큼 할머니는 고래고래 소리를 질러 댔다.

7층 복도를 둘러보았다. 701호부터 710호까지 열 집이 있다. 누구의 짓일까? 사생활 보호를 위해 복도에는 카메라가 없었다.

아파트 단지를 빠져나오는데 금요일이 재활용품 분리배출 날이라는 안내문이 붙어 있었다. 내일이었다. 101동 손님들에게 '반찬 도둑이 있으니 재활용 수거함에 우리 가게 반찬통을 버리는 사람이 있으면 알려 달라'고 문자를 보냈다. 확실한 증거를 제보하면 일주일 동안 반찬을 무료로 드리겠다고 여러 번 강조했다.

● ● ●

금요일, 이번 주 마지막 배달이다. 주말 동안 푹 쉴 생각을 하니 힘이 났다. 주말에도 드실 수 있도록 반찬을 넉넉하게 넣고, 국도 두 개씩 포장했다.

기침이 빨리 낫지 않아 엄마는 마스크를 하고 일했다. 더 큰 문제는 가려움이었다. 한밤중에도 긁느라 잠을 이루지 못해 눈이 퀭

했다.

반찬을 가방에 담고 있는데 101동 아저씨의 제보 문자가 왔다. 어떤 젊은 여자가 재활용 수거함에 우리 반찬통을 잔뜩 버리고 있다는 내용이었다. 엄마한테 도둑을 잡았다고 말하면서 점퍼를 들고 밖으로 나갔다.

자전거를 타고 전속력으로 달렸더니 금방 아파트 단지에 도착했다. 재활용 수거함 근처에 서 있던 아저씨가 숏커트를 한 여자를 손으로 가리켰다. 여자는 나보다 몇 살 많아 보였다.

"저기요! 밥도둑 반찬 손님이세요?"

헉헉거리느라 발음이 정확하지 않았다.

"아니!"

여자는 다짜고짜 반말이었다.

"그러면 우리 가게 반찬통은 어디서 얻었어요?"

"너 경찰이야? 내가 너한테 다 말해야 돼?"

여자가 바닥에 침을 뱉으면서 매섭게 쏘아보았다. 눈빛이 너무 강해 똑바로 볼 수 없었다. 왕곡동 대표 싸가지라고 해도 될 만큼 센 캐릭터였다.

"학생, 주문도 안 하고 어떻게 우리 반찬을 먹는 거야?"

엄마가 허겁지겁 달려왔다. 싸가지를 노려보는 사장님의 눈빛도 만만치 않았다.

"제가 반찬을 훔쳤다고 의심하는 거예요? 훔쳐 먹을 만큼 맛있지도 않던데! 자세히 알아보지 않고 의심하는 것도 폭력이에요, 폭력!"

싸가지가 몸을 부르르 떨면서 눈을 치켜떴다. 폭력이라는 말에 입을 다무는 엄마.

"반찬 주문도 안 하면서 어떻게 맛을 알아? 내가 만든 반찬, 맛있다고 동네방네에 소문났어!"

반찬이 맛있다고 소문이 났는지는 모르겠지만 엄마의 목소리가 동네방네에 퍼져나가는 것은 확실했다.

"민주는 지난번에 내가 쓰러졌을 때 나를 구해 준 은인이야. 그래서 내가 반찬을 줬어."

빈 상자를 든 욕쟁이 할머니가 걸어왔다. 싸가지가 팔짱을 끼고 나와 엄마를 노려봤다. 엄마는 헛기침을 하며 싸가지에게 사과를 했다.

"아줌마, 미국산 소고기를 왜 한우라고 속이세요?"

수사하는 형사처럼 싸가지가 엄마를 다그쳤다.

"음식 만드는 거 네가 봤어? 미국산 아니고 호주산이야! 청정 지역 호주산!"

호주산이라고 자랑하듯이 말하던 엄마가 손으로 입을 막았다. 내 얼굴이 화끈거리고 귀까지 뜨거워졌다.

"아줌마, 조미료도 넣지 마세요. 미원하고 다시다를 팍팍 넣었죠?"

싸가지의 압승이었다. 우리 동네 대장금은 엄마가 아니라 절대 미각 싸가지였다.

"팍팍이 아니라, 조금 넣었어! MSG가 몸에 해롭지 않다는 신문 기사도 안 봤나?"

왕곡동 대장금이 휴대폰을 꺼내 MSG 관련 기사를 찾는 사이, 싸가지는 구석에 있는 빨간 오토바이를 타고 사라졌다. 거친 굉음이 엄마와 나를 비웃는 것 같았다.

"저 말본새 좀 보세요! 어른한테 저렇게 말해도 돼요?"

엄마가 사람들한테 흉을 보기 시작했다.

"열아홉 살인데 학교도 때려치우고 배달 아르바이트를 한다지. 독한 구석이 있어."

어떤 아줌마가 거들었다.

"부모 없이 고모랑 산다는데, 가슴에 악만 남았네! 독한 것!"

머리가 반쯤 벗겨진 할아버지가 끼어들었다.

또 누군가는 부모가 없으면 더 열심히 착하게 살아야 한다는 둥 꼰대 같은 말을 늘어놓았다. 그 말에 숨이 거칠어졌다. 아빠가 세상을 떠난 뒤 나도 지겹게 들었다.

"민주가 얼마나 착실하고, 다른 사람을 잘 챙기는데! 알지도 못하면서 헛소리 말고 느이 새끼들이나 잘 챙겨! 아니면 자빠져서 잠이나 처자든지. 주둥이들이 문제야!"

욕쟁이 할머니가 지팡이를 흔들며 눈을 부라렸다. 결국 반찬 도둑은 잡지 못했다.

● ● ●

월요일 오후, 배달을 준비하며 창밖을 내다보았다.

아침부터 조금씩 내리던 눈이 점점 굵어져 멈출 생각을 하지 않았다. 다행히도 쌓이지 않고 녹아서 자전거로 배달할 수 있었다.

맞은편에 있는 학교의 텅 빈 운동장을 보니 열 살 때 아빠와 자전거를 배우던 때가 떠올랐다. 자꾸 넘어져서 무릎이 깨져 피가 났는데, 그 흔적이 이제는 사라졌다.

"얼른 배달 끝내고 누워야겠네."

엄마의 기침은 더 심해졌다. 주말에 병원에 가서 주사를 맞아도 효과가 없었다. 엄마는 박카스를 한 번에 두 병이나 마시고는 두꺼운 점퍼를 입고 집 밖을 나섰다.

"운전할 줄 알았다면 다 내가 할 텐데."

"자전거로 배달하기 힘들고 친구 만날까 창피할 텐데, 도와줘서 고마워. 곧 배달 알바를 구해야겠어."

엄마가 힘없이 웃으며 차에 올랐다. 나도 자전거 페달을 세게 밟았다

먼저 아파트 101동으로 들어가 1층부터 반찬을 배달하고 뛰어서 5층으로 올라갔다. 점퍼 안에서 후텁지근한 열이 올라왔다.

503호 초인종을 눌렀다. 할아버지가 기다렸다는 듯이 문을 열었다.

"현관에서 보청기를 잃어버렸어!"

할아버지가 고함을 질렀다. 배달 중 고객의 집 안으로는 절대 들어가지 않지만 이번에는 어쩔 수 없이 현관문을 활짝 열고 바닥을 꼼꼼하게 살폈다. 한참을 찾아보니 보청기는 신발 안에 들어 있었다. 할아버지는 보청기 볼륨을 맞춰 달라고 부탁했다. 보청기를 내 귀에 갖다 대 보니 소리가 너무 커서 확성기를 달고 있는 듯 귀가 아팠다. 볼륨을 맞추는 버튼은 쌀알보다 작아 할아버지 눈에는 보이지 않을 것 같았다.

보청기 소리를 조절하고 503호를 나왔다. 평소보다 10분이나 늦어졌다.

부리나케 아파트 배달을 끝낸 후 자전거를 타고 골목으로 들어갔다. 속도를 내면서 달리다가 눈이 조금 쌓여 있는 모퉁이를 지날 때였다. 중심을 잃고 넘어져서 반찬 가방이 바닥에 떨어졌다. 아픈 엉덩이보다 국물이 흐르는 반찬통이 문제였다. 뒤에서는 자동

차가 시끄럽게 경적을 울려 댔다. 운전자에게 고개를 숙이고 서둘러 반찬을 가방에 담았다.

"아저씨, 다친 사람이 안 보여요? 도와주지는 않으면서 뭐 하는 거예요?"

빨간 오토바이가 내 앞에 멈췄다.

우리 동네 대표 싸가지가 길바닥에 떨어진 반찬통을 챙겨서 가방에 담은 뒤 자기 오토바이에 타라고 내게 손짓했다. 머뭇거리자 싸가지는 내 팔을 붙잡으며 어서 타라고 소리를 질렀다. 그사이 뒤에서 자동차들이 계속 경적을 울려 댔다. 자전거를 전봇대에 묶어 두고 오토바이에 올랐다.

"눈물이 앞을 가리네. 70년대 신문 배달하냐? 오토바이도 안 배우고 뭐 했냐?"

싸가지가 어디로 가면 되는지 물었다. 배달 목록이 적힌 종이를 내밀었다. 그날 욕쟁이 할머니가 싸가지를 '민주'라고 불렀던 것 같은데. 싸가지 캐릭터에 어울리지 않는 다소곳한 느낌의 이름이었다.

싸가지 민주는 골목 끝에 있는 초록빌라 앞에 오토바이를 세운 뒤 반찬을 들고 뛰어갔다. 나도 뒤뚱거리며 쫓아 올라갔다. 싸가지는 202호에 사는 할머니에게 반찬을 건넸다.

"멸치볶음이 맛있어요. 눈이 내리니까 웬만하면 당분간 나가지 마시고요. 불편한 거 없으세요?"

손녀처럼 다정한 말투가 싸가지와 어울리지 않았다.

할머니가 연고를 꺼내 어디에 바르는 약인지 물었다. 싸가지는 휴대폰으로 검색해 습진약이라고 알려 드렸다.

빌라를 나와 오토바이에 다시 올랐다.

"예상보다 친절하시네요. 그런데 왜 절 도와주세요?"

"욕쟁이 할머니가 네가 착하다고 많이 칭찬하셔서 도와주는 거야. 열심히 사는 사람은 복을 받아야 하잖아. 물론 쉽지 않지만!"

싸가지가 오토바이 속도를 높였다.

"처음 보는데 왜 반말이에요?"

"너 왕곡고 1학년이잖아. 왕곡동 라이더 사이에서 자전거로 배달하는 네가 얼마나 유명한데!"

싸가지가 뒤돌아 보며 웃었다. 치아가 하얗고 가지런했다.

생각해 보니 오토바이를 탄 형들이 배달하는 나를 보면서 경적을 울리곤 했다. 빨리 오토바이를 배워야겠다.

"이제부터 누나라고 불러."

"누나요?"

"이렇게 자기 일처럼 도와주는 누나가 어디 있냐? 요리든 배달이든 모두 잘하니까 나한테 배울 게 많을 거야."

친하게 지내서 나쁠 건 없겠다. 물론 저 말이 다 사실이라면.

누나는 주소만 보고서도 인간 내비게이션처럼 위치를 파악해 배달했다. 신속 정확이었다.

마지막은 고시생 아저씨네 집이었다.

마침 아저씨가 빌라 밖으로 나왔다. 인사를 하며 반찬을 내밀었다.

"반찬 필요 없어. 밥 먹어서 뭐 하냐! 난 죽어야 해!"

아저씨는 금방이라도 쓰러질 듯 기운이 없었고 눈가가 붉었다.

오늘 임용 시험 합격자를 발표한 모양이다. 아저씨의 얼굴이 결과를 알려 준 셈이다. 1년에 한 번밖에 없는 시험을 다시 기다려야 하는 아저씨.

"무슨 일인지는 모르지만 힘들수록 식사를 하고 기운을 차리셔야죠."

누나가 반찬을 건넸다.

"왜 이렇게 귀찮게 해!"

아저씨가 화를 내면서 누나를 밀치고 큰길로 달려갔다. 반찬들이 바닥에 떨어졌다.

누나에게 아저씨의 상황을 귀띔해 줬다. 누나가 3층으로 올라가 아저씨네 집 앞에 반찬을 내려놓았다. 그러고는 메고 있던 작은 가방에서 홍삼 음료를 꺼내 그 옆에 두었다. 그뿐만 아니라 꾸깃꾸깃한 메모지에 '힘들 때일수록 든든하게 드세요! from. 탄호'라고 적어서 음료수에 잘 붙였다.

"왜 제 이름을 적어요?"

"아저씨는 내가 누군지 모르잖아. 자기를 좋아하는 스토커 혹은 보험 판매 마케팅이라고 생각하겠지!"

"느닷없이 웬 음료수?"

"시험에 여덟 번이나 떨어지면 어떤 마음이겠냐? 작년에 나도 힘든 일이 있었는데, 그때 한 아줌마가 건넨 요구르트 하나에 힘이 났어. 홍삼 음료는 오늘 어떤 할머니한테서 받은 거고, 나는 쓴 음료 안 좋아해. 건강에 좋은 거니까 아저씨한테 딱이야!"

누나의 말을 듣고 있으니 아저씨가 걱정되어서 전화를 했지만 받지 않았다. 내일 다시 만나 봐야겠다.

"누나 덕분에 20분 일찍 끝냈어요. 고마워요."

"아직 안 끝났어! 세상에 공짜가 어디 있냐? 이제부터는 네가 나를 도와줘야 돼!"

누나가 트렁크에서 헬멧을 꺼내 머리에 씌워 주었다. 그러고는 자기 주머니에 있던 뜨거운 핫팩 두 개를 내 손에 쥐어 줬다. 꽁꽁 언 손이 바로 녹는 것 같았다.

"납치하는 거 아니니까 걱정 마."

누나는 어디로 가는지도 말하지 않고 오토바이 속도를 높여 큰 길을 달렸다. 얼굴에 부딪히는 시원한 바람에 모든 스트레스가 날아가는 것 같았다.

30분을 달려 도착한 곳은 옆 도시의 중심가였다. 친구들과 몇 번 온 적 있었다.

누나는 오토바이를 작은 공원 주차장에 세웠다.

"저 식당에 가서 양념불고기 한 근만 포장해 와라."

누나가 꾸깃꾸깃 접힌 만 원짜리 두 장을 흔들었다.

맞은편에 '원가 파괴' 현수막이 걸려 있는 한우 식당이 있었다. 가게 안은 손님들로 붐볐고, 문 밖에도 줄을 서서 기다리는 사람이 많았다.

"고작 불고기를 사려고 여기까지 온 거예요? 그렇게 맛집이에요?"

따스한 불빛 아래에 엄마, 아빠와 함께 고기를 먹는 또래들이 눈에 들어왔다.

"아빠 보고 싶나?"

"아빠 없는 거 어떻게 아셨어요?"

"딱 보면 알지. 눈치 없이 이 세상을 어떻게 사냐?"

누나가 빨리 가서 고기를 사 오라고 등을 떠밀었다. 무슨 일이냐고 물어도 대답하지 않았다.

횡단보도를 건너 식당에 들어가 양념불고기 1인분을 포장해 달라고 했다. 적은 양을 산다고 직원이 싫어하는 눈치였다.

계산을 마치고 나와 누나에게 고기가 든 봉지를 내밀었다. 누나는 골동품을 감정하는 사람처럼 눈을 부릅뜨더니 고기 색깔을 살펴보고, 냄새를 맡았다. 이게 끝이 아니었다. 휴대폰 카메라로 고기를 촬영해 그 사진을 누군가에게 보냈다. 그러고 얼마 지나지 않아 누나에게 전화 한 통이 걸려 왔다.

"수입산 맞죠? 확실한 거죠?"

누나가 웃으며 전화를 끊었다.

"배달하면서 친해진 한우 식당 주인아줌마한테 여쭤 보니 수입산 소고기래! 하나만 더 부탁할게. 지역 방송국이랑 농수산물 검사소에 연락해 줘."

누나가 공원 입구에 있는 공중전화를 가리켰다

"무슨 일인지 말해 줘야 전화할 수 있어요!"

누나는 일단 배부터 채우자며 가까운 햄버거 가게로 들어갔다. 고기를 사고 남은 돈으로 햄버거와 콜라를 주문한 뒤 자리에 앉았다.

"부모님이 일찍 돌아가셔서 할머니랑 살았어. 빨리 돈을 벌고 싶어서 요리를 배우려고 전문계 고등학교에 다녔었고. 실습도 할 겸 저녁에는 저 한우 식당에서 알바를 했지."

누나가 콜라 잔에 담긴 얼음을 씹으며 이야기를 이어 나갔다.

어느 날, 단체 손님이 넓은 방에서 식사를 하고 나갔다고 했다.

누나가 가장 먼저 들어가 그릇을 치웠는데, 단체 손님 중 한 사람이 회비 50만 원이 든 지갑을 두고 갔다며 급히 뛰어왔단다. 하지만 한참을 찾아도 지갑은 없었다. 복도에 설치된 감시 카메라를 확인했는데 그 방에 들어간 사람은 누나뿐이었다.

"결국 경찰서에 가서 조사까지 받았지. 손님은 내가 부모 없이 할머니와 산다는 말에 불쌍하다며 그 돈은 그냥 가지라면서 거지 취급하더라. 나한테는 경찰서에 와 줄 부모님이 안 계셨으니까."

누나가 뒤돌아서 휴지로 눈가를 훔쳤다.

도둑질을 했다고 학교와 동네에 소문이 났고, 누나는 대인 기피증이 생겨 학교를 관둔 후 집에만 갇혀 지냈다. 그러다 이제는 새롭게 살아 보기로 마음먹고 몇 달 전 우리 동네로 옮겨 온 것이었다.

"같이 일했던 언니를 지난주에 우연히 봤는데 그 사건에 대해 이야기해 줬어."

누나는 내 앞에 있는 콜라까지 단숨에 마셨다. 나는 눈치껏 콜라를 가득 리필했다.

"그날 사장의 아들도 같이 일했는데 음식을 서빙하면서 지갑이 바닥에 떨어진 것을 본 것 같아. 밖에 있던 그놈은 손님이 나가자마자 창문을 넘어 방으로 들어가서 지갑을 훔쳐 사라진 거야. 그때는 다들 정신이 없어서 눈치 채지 못했어."

"지금이라도 따져야죠!"

"증거가 없잖아. 사장은 일하던 아들이 갑자기 없어졌으니 알고 있었을 거야. 그놈이 좀 불량했거든. 하지만 주휴 수당을 달라, 쉬는 시간을 보장해 달라 요구하는 나를 자르고 싶었는데 마침 그 사건이 좋은 기회였던 거지."

이제 누나가 복수할 차례였다.

누나는 요즘 한우 전문점들의 배달을 도맡아 하면서 한우와 수입산 고기를 구분할 수 있게 됐다. 한우는 지방이 얇고 흰색 마블링이 선명한데, 미국산은 색깔이 조금 어둡고 냄새도 다르다고 한다. 양념을 하면 속이기 쉬워서 그 사장은 미국산 고기를 국산 불고기로 팔았던 것이다. 호주산 고기를 한우라고 거짓말한 왕곡동 대장금이 떠올라 헛기침이 나왔다.

햄버거 가게를 나와 공중전화로 지역 방송국 사회부와 국립농수산물품질관리원에 제보를 했다. 품질관리원 담당자는 고발 내용이 사실이면 보상금을 받을 수 있다고 했다.

"보상금은 네가 다 가져라. 그리고 내일 하루 더 반찬 배달을 도와줄게."

누나가 내 어깨를 다독거렸다.

어느덧 가로등에 불이 환하게 들어오고 바람이 더 차가워졌다. 사람들은 어디론가 걸음을 재촉했다. 누나가 오토바이 쪽으로 걸어갔다. 좀 더 있을 핑계를 찾으려는데 전화가 울렸다. 엄마였다.

받지 않았더니 또 시끄럽게 울려 대 수신 거부를 눌렀다. 눈치 없는 사장님이다.

누나가 오토바이에 기댄 채 얼른 타라고 손짓했다. 이제 보니 누나는 모델을 해도 될 정도로 다리가 길었다. 나는 두꺼운 등산 바지 안에 내복까지 껴입어서 다리가 더 짧아 보였다. 펭귄이 따로 없었다. 점퍼에서 땀 냄새가 나는 것 같아 지퍼를 끝까지 올리고 오토바이에 탔다.

좁은 도로를 벗어나자 누나는 오토바이 속도를 높였다. 오토바이의 흔들림 때문일까? 몸에 전기가 통한 듯 떨렸다.

"탄호야, 시금치 좀 다듬어라."

이모가 방문을 열었다. 엄마를 도와주려고 일찍 왔나 보다. 침대 곁으로 내려앉은 햇빛이 얼른 일어나라고 다그치는 것 같았다.

오랜만에 화창한 아침이었다. 잠을 푹 잔 덕분에 욱신거리던 엉덩이가 많이 편해졌다. 누나가 준 핫팩을 엉덩이에 붙이고 잤더니 더 효과가 있었다.

엄마는 소파에 앉아 이모에게 멸치볶음 맛있게 하는 법을 전수했다. 이모는 엄마의 가르침에 따라 간장, 고춧가루, 설탕을 넣으며 요리에 집중했다.

이모의 멸치볶음을 맛본 엄마 얼굴에 그늘이 내려앉았다. 하지만 맛없다는 말 대신 '괜찮네.' 하고 작게 중얼거렸다. 이모가 아니면 도와줄 사람이 없기 때문이다.

나도 멸치를 집어 먹었다. 식용유를 많이 넣어 느끼했다. 멸치를 기름장에 찍어 먹는 맛이었다. 같은 재료를 사용해서 이렇게 독특한 맛을 내는 것도 능력이었다. 안타까운 능력! 이모가 더 반찬을 만들었다가는 손님들이 환불해 달라고 집 앞까지 몰려올 것 같다.

"내가 빨리 나아야 할 텐데⋯⋯."

엄마는 안방으로 들어가 침대에 누웠다. 오늘은 반찬통에 붙이는 포스트잇 메모도 없었다.

늦은 점심을 먹고 배달 준비를 했다.

"오늘은 기분이 좋아 보이네."

엄마가 약을 먹으며 나를 지켜보고 있었다. 나도 모르게 콧노래를 흥얼거렸나 보다.

머쓱하게 웃으며 방에 들어가 최근에 산 청바지를 입었다.

"청바지 입으면 배달할 때 불편하잖아. 늘어난 추리닝이 편해!"

이모는 두툼한 옷을 잔뜩 껴입고, 그 위에 빨간색 점퍼까지 걸쳐 움직이는 우체통 같았다.

"비주얼이 중요한 시대잖아. 배달도 깔끔하게 해야 음식이 더 맛있지."

청바지와 가장 잘 어울리는 단화를 신었다. 그 신발을 신고 자전거를 타면 발이 아프지만 오토바이를 탈 테니 상관없었다. 머리에 왁스를 바르려다가 참았다. 요즘은 꾸민 듯 안 꾸민 듯 꾸며야 한다.

반찬 가방을 챙겨 자전거에 올라 페달을 세게 밟았다. 사거리를 지나자 멀리 아파트 입구에 누나가 손을 흔들며 서 있는 모습이 보였다.

주차장 근처에 자전거를 세우면서 휴대폰의 꺼진 화면으로 얼굴을 비춰 보았다. 깜빡 잊고 비비 크림을 바르지 못했다.

"오늘 방송국에서 한우 식당에 취재를 간 것 같아! 탄호, 네 덕분이야!"

누나가 호들갑스럽게 말하더니 반찬통을 챙겨 101동으로 뛰어갔다.

잠깐이라도 이야기를 나누고 싶었지만 누나는 게으름을 피우지 않는 에너자이저였다. 나도 102동 배달을 시작했다.

아파트 배달을 마치고 누나와 편의점 안에서 커피를 마셨다.

"치킨이나 족발 배달하기 힘들지 않아요?"

"빨리 뛸 수 있도록 매일 운동하고 있어. 봄에 마라톤 대회에 같이 나갈래?"

누나는 전속력으로 달리는 시늉을 했다. 그 모습을 보며 웃고 있는데 고시생 아저씨한테서 문자가 왔다.

- 어제는 미안했어. 맛있는 반찬, 영원히 잊지 않을게. 너랑 게

　임을 못해 아쉽네. 이제 반찬 배달은 하지 않아도 돼. 행복해

　라. 난 이제 떠난다.

평소의 아저씨 말투와 너무 달라 문자를 여러 번 읽었다. 그럴
수록 서늘한 느낌이 들어서 누나에게도 문자를 보여 줬다. 누나의
표정이 굳어졌다. 나와 같은 생각을 한 것 같았다.

아저씨에게 전화를 했지만 전원이 꺼져 있다는 기계음이 들려
왔다.

"예감이 안 좋아! 난 어릴 때부터 혼자 지내서 혼자 사는 사람들
한테 관심이 많아. 또 지난해 대인 기피증을 겪을 때 힘들다고 털
어놓을 사람이 곁에 없어서 더 고통스러웠고, 나쁜 마음을 먹은 적
도 있어. 아저씨의 심정을 조금은 알 것 같아."

홀로 지내는 욕쟁이 할머니가 쓰러져 있는 것도 누나가 발견했
댔지…….

누나가 먼저 일어났다. 나도 남은 커피를 쓰레기통에 버리고 오
토바이에 올랐다.

빌라로 가는 시간이 길게 느껴졌다. 아저씨는 여전히 전화를 받
지 않았다.

빌라에 도착해 302호로 뛰어가 현관문을 두드렸다. 대답이 없었
다. 누나가 복도 벽에 붙어 있는 임대 안내문을 살펴보더니 집주인

의 연락처를 찾아 바로 전화를 했다. 다행히도 집주인이 근처 아파트에 살고 있었다.

나는 계속해서 302호 문을 두드렸지만 안에서는 아무 소리도 들리지 않았다.

"경찰에 먼저 연락할까? 나는 자신이 없어."

헉헉거리며 달려온 집주인이 문 앞에서 한숨을 내쉬었다.

주인이 건넨 도어락 카드로 누나가 문을 열었다. 나는 충격적인 장면을 볼 자신이 없어서 눈을 질끈 감았다. 담담히 집 안으로 들어가는 누나를 조심스레 뒤따랐다. 방에는 아무도 없었다. 화장실을 살펴볼 차례였다. 누나가 천천히 문손잡이를 돌렸다.

"무슨 일이야?"

아저씨가 뒤에 서 있었다. 군인처럼 머리를 짧게 잘라 몇 년은 더 젊어 보였고, 수염도 밀어서 깔끔했다.

나는 아저씨의 손을 덥석 잡으며 자초지종을 말했다.

집주인이 아저씨를 위로한 뒤 먼저 떠나고, 나와 누나는 아저씨와 함께 좁은 방에 앉았다.

"그 문자는 이 동네를 떠나 다른 곳에서 살겠다는 뜻이었어. 나한테 관심 갖는 사람은 탄호밖에 없네. 문자를 수십 명에게 보냈는데 답문이 없었어. 그리고 어젯밤에 쓸쓸히 집에 왔는데 문 앞에 홍삼 음료가 있더라. 정말 고마워."

아저씨의 목소리에서 물기가 묻어났다

"그 음료는 제가 아니라 이 누나가 챙겨 드린 거예요."

나는 얼른 누나를 소개했다. 아저씨가 누나한테 고맙다고 인사를 했다.

"저도 힘들 때 홍삼 음료를 마시는데, 기운이 나더라고요."

누나가 천연덕스럽게 거짓말을 했다.

"다음에 돈 벌면 고려 홍삼 음료 한 상자를 선물할게요."

아저씨의 말에 누나가 머쓱하게 웃기만 했다.

바닥이 너무 차가워 엉덩이가 얼 것 같았다. 구석에 반찬통이 그대로 쌓여 있었고, 책이 가득했을 책꽂이는 텅 비어 있었다.

"8년 동안 학원 강사, 과외하면서 돈을 벌어 공부했는데 이제 포기할 거야. 공부가 너무 지겹고, 책을 보면 속이 답답해! 이렇게 살다 보니 마음을 털어놓을 친구가 한 명도 없네."

아저씨가 살아온 이야기를 들려줬다. 고등학생 때 전교 1등을 놓치지 않은 아저씨는 교사가 꿈이라서 사범대 국어교육과에 진학했다고 한다. 졸업 이후 임용 시험에서 계속 탈락해 요즘은 우울증 약을 먹고 있는 모양이었다.

아저씨는 약을 물도 없이 삼키고는 또 한숨을 내쉬었다. 한숨을 쉬려고 태어난 사람 같았다.

"우울할 때일수록 바쁘게 몸을 움직이면 쓸데없는 생각을 멈출 수 있고, 피곤해서 잠도 잘 와요. 저도 방에만 갇혀 지내다가 이 동네로 와서 배달 일을 하니까 좋아요."

누나는 1년 전에 겪었던 일을 담담하게 말했다. 아저씨가 조용히 귀담아듣다가 입을 열었다.

"오토바이로 배달하기 어려울 텐데, 대단하네요. 그 용기가 부러워요."

"말씀 편하게 하세요. 서빙 알바 하다가 겪은 그 일 때문에 지금도 가게에 있는 게 싫어요. 오토바이로 배달하면 시간도 빨리 흘러가고 쓸데없는 생각도 사라져서 좋아요."

"그래, 내가 삼촌뻘이니까 편하게 대할게. 배달 알바를 하고 싶어도 오토바이를 탈 줄 몰라. 지금까지 뭘 하고 살았는지……. 이놈의 인생이 너무 답답해!"

아저씨가 한숨을 내쉬었다.

"저도 오토바이를 몇 달 전에 배웠는데 재미있어서 금세 잘 타게 되더라고요. 다음에 탄호랑 아저씨한테 오토바이 타는 비법을 전수할게요. 공짜 특훈!"

그때, 내 휴대폰 벨소리가 울렸다. 반찬 배달이 너무 늦다는 할머니 손님의 재촉 전화였다.

좁은 원룸에 혼자 있을 아저씨가 걱정되었지만 배달이 밀려 누나와 나는 자리에서 일어났다. 아저씨에게 아무런 도움을 줄 수 없었다.

배달을 마치고 집에 갔다. 평소의 엄마라면 내일 반찬 준비를 하느라 정신이 없을 테지만 무슨 일인지 부엌이 썰렁했다. 엄마는 기침을 하며 침대에 누워 있었다.

"친절하게 배달을 잘해 준다면서 손님들이 자기들 이웃한테 우리 가게를 소개해 줬어. 근데 같이 간 여자는 누구야?"

엄마의 얼굴이 너무 창백했다. 민주 누나라고 작게 말했다.

"성격도 이상하고 학교도 자퇴한 애랑 왜 어울려?"

엄마는 '부모 없는 아이'라는 말은 덧붙이지 않았다.

"눈길에 미끄러졌는데 누나가 먼저 도와줘서 배달을 마쳤어."

엄마는 더 이상 잔소리를 할 기운도 없어 보였다. 얼굴은 하얬고, 입술은 파랬다.

샤워를 마치고 엄마에게 식사를 하자고 했지만 대답이 없어 안방 문을 열었다. 엄마의 숨소리가 너무 거칠었다. 이마도 뜨거웠다. 심상치 않은 상황이라 이모에게 전화했지만 통화가 안 됐다. 도와 달라고 부탁할 어른이 주변에 없었다. 아빠가 세상을 떠난 뒤, 엄마와 나는 아빠와의 추억이 없는 낯선 곳으로 이사를 왔다.

때마침 누나에게서 한우 식당과 관련해 전화가 왔다. 엄마의 상태를 말했더니 빨리 119에 연락하라고 재촉했다.

앰불런스를 타고 병원으로 향했다. 식은땀을 흘리는 엄마를 보니 아빠의 마지막 얼굴이 겹쳐졌다. 아빠는 힘겹게 내 손을 잡고 한참을 중얼거렸지만 목소리가 너무 작아 정확히 듣지 못했다. 나는 계속해서 엄마에게 조금만 참으라고 말했다. 엄마는 괜찮다고 대답했다

누나가 어느 병원으로 가고 있는지를 문자로 물었다.

대학 병원 응급실에 도착해 엄마는 바로 정밀 검사를 받았다.

"피로가 너무 심해서 면역력이 떨어진 거야. 푹 쉬지 않으면 다른 병에 걸릴 수 있으니까 당분간 쉬어야 해."

의사 선생님이 엄마의 상태를 자세하게 설명해 줬다. 몸이 가려운 것은 면역력이 떨어질 때 나타나는 건선 증상이었다. 더 악화되면 발톱과 손톱이 빠질 수 있단다.

소독약 냄새와 어수선한 응급실 분위기에 익숙해질 무렵 누나와 아저씨가 보였다. 순간, 다리에 힘이 풀려 의자에 걸터앉은 채로 엄마의 상태를 전했다.

"걱정 마! 잘 먹고 쉬면 금방 나아."

아저씨의 말투가 이렇게 따뜻한지 처음 알았다. 아저씨는 의사 선생님과 면담을 하러 갔다.

겨우 정신을 차린 뒤 누나에게 어떻게 해서 아저씨와 함께 왔는지 물었다.

"병원으로 오는 길에 알바 자리를 구하러 다니는 아저씨를 만났어. 아줌마 이야기를 했더니 같이 가자고 하면서 바로 택시를 잡더라."

누나가 수건으로 엄마 이마에 맺힌 땀을 닦아 주었다.

"어머니는 내일 아침 일반 병실로 옮기고, 며칠 후 퇴원하면 된대. 집에서도 일주일 이상 쉬어야 건강을 회복할 수 있다고 의사 선생님이 신신당부를 했으니까 탄호가 신경 써야겠어."

아저씨의 표정이 꼭 담임 선생님 같았다.

아저씨가 밥을 먹고 오라고 했지만 나는 엄마 옆을 떠나지 않았다. 가까이에서 보니 엄마 얼굴에 기미와 주근깨가 많았고, 몇 년 사이에 주름도 늘었다.

몇 시간이나 지났을까? 잠에서 깨어난 엄마는 아저씨, 누나와 인사할 겨를 없이 반찬 준비를 걱정했다.

"건강보다 반찬이 중요해? 손님들에게 일주일 동안 반찬 배달을 못 한다고 알릴게."

엄마의 손을 잡았다. 습진이 심해 곳곳이 갈라졌고 건선 때문에 팔에 울긋불긋 상처가 났다.

"약속을 못 지키면 단골손님이 다 떨어져 나가!"

엄마가 힘겹게 말하며 다시 잠들었다.

손님들에게 단체 문자를 보내려고 하는데 누나가 말렸다.

"반찬을 내가 만들면 어떨까? 욕쟁이 할머니한테 도와 달라고 하면 돼. 그 할머니도 식당에서 오랫동안 일을 해 솜씨가 좋고, 나도 조리사 자격증이 있어. 그리고 아저씨가 차로 반찬 배달 좀 도와주세요!"

누나가 아저씨를 바라보았다.

"잘할 수 있을까? 애들 가르치는 일 말고 이제는 몸 쓰는 일을 해 보고 싶었는데 잘됐네. 나이가 많아서 알바 자리 구하기가 힘들었거든. 배달하다 보면 아무 생각도 안 나겠지? 살도 빼고!"

아저씨가 자기 뱃살을 손으로 가렸다.

"손님들이 누나가 친절하게 배달해 줘서 고맙다며 몇 명을 더 소개해 줬어요."

엄마 휴대폰에 저장된 문자를 보여 줬다.

간호사가 이제 보호자들은 응급실 밖으로 나가 달라고 해 복도를 서성거리는데 누군가의 배에서 꼬르륵 소리가 났다.

우리는 병원 밖으로 나가 식당을 찾았지만 늦은 시간이라 모두 문을 닫은 뒤였다. 맞은편에 있는 편의점의 환한 불빛이 어서 오라고 손짓하는 것 같았다. 우리는 안으로 들어가 컵라면과 삼각김밥을 여러 개를 사서 자리에 앉았다.

아저씨, 누나와 이야기를 나누며 먹으니 혼자서 컵라면을 먹을 때와 맛이 달랐다. 모두 허겁지겁 먹었고, 배가 차지 않아 김밥 세 줄을 더 먹었다.

"햄버거도 하나씩 먹을까? 즐겁게 먹으면 칼로리 제로라는 말 알지?"

아저씨가 지갑을 꺼냈다.

"혼자 밥 먹으면 맛이 없으니까 일주일에 한 번은 반찬 가게 손님들을 초대해 다 같이 식사하면 어떨까요?"

누나가 하나 남은 김밥을 입에 넣었다.

"1인 가구의 안부를 묻는 반찬 배달이라고 광고하면 손님이 더 늘지 않을까? 나도 사람이 그리워서 탄호가 배달 오기를 기다리곤 했거든."

아저씨가 햄버거를 한 입 베어 물었다

생각해 보니 나도 엄마가 반찬 가게를 할 때, 방학에는 세 끼를 모두 혼자 먹어야 했다. 맛있는 반찬이 있어도 혼자 먹기 싫어서 굶을 때도 있었다.

세 사람이 머리를 맞대니 좋은 생각이 쏟아졌다.

누나는 욕쟁이 할머니와 통화를 하며 내일 반찬을 정했다. 나는 도매상에 연락해서 식재료를 주문했다. 싱싱한 채소로 갖다 달라는 말도 잊지 않았다.

"사장님이 써 준 힐링 멘트를 읽으면 힘이 나서 반찬 배달을 기다릴 때도 있었어. 내일부터는 내가 쓸게! 원래 꿈이 소설가였잖아!"

아저씨가 어깨를 으쓱거렸다.

햄버거를 먹고 편의점 밖으로 나왔다.

다시 눈이 내리기 시작했다. 폭설이 내려도 이제 배달 걱정이 없다. 내일 밥도둑 반찬은 무슨 맛일까? 그리고 반찬통에 붙은 포스트잇에는 어떤 문구가 적혀 있을까?

작가의 말

　여섯 편의 단편 소설을 다시 읽어 보니 글을 쓰던 당시의 기분, 상황, 창작 동기가 선명하게 떠오른다. 이 작품들을 쓴 지난 2년간 내 마음 안에 오고 간 것들의 흔적이 고스란히 이 책에 담긴 셈이다.

　불법으로 알아낸 부동산 개발 정보로 투기해서 돈을 번 사람들의 이야기가 종종 뉴스에 나온다. 적발되지 않은 사람도 있을 테니 실제로는 더 많은 사람이 그런 식으로 돈을 번다는 뜻이다. 정직하기만 해서는 부자가 될 수 없다고 말하는 사람도 많은데, 그 모습을 〈우리 동네 도둑들〉에 담았다. 권력을 쥐고 있으면 범죄를 저질러도 처벌받지 않고 오히려 유능하다고 인정받는 일그러진 세상을 청소년들은 어떻게 바라볼까? 수단과 방법을 가리지 않고 돈과 권력을 가져야 한다는 그릇된 믿음을 어른들이 심어 주는 것 같아 미안하다.

　'멘도롱'과 '또똣'은 따스하다는 뜻의 제주어로, 제주도에서 태어난 덕에 어릴 때부터 자주 들어온 말이다. 그 낱말에는 정이 담겨 있어서 좋다. 발음도 부드러워 언뜻 프랑스어 같기도 하다. 제주에 가서 '멘도롱'할 때 먹어야 하는 음식이 있다. 바로 고기국수다. 아삭한 배추김치와 잘 어울리는 고기국수를 먹고 나면 힘이 나고, 마음이 '또뜻'해진다. 물론 맛있게 만드는 식당에서 먹어야 한다. 너무 맛이 없어서 아련한 '고향의 정'을 무참히 깨 주는 가게도 있으니까. 고기국수를 먹고 힘을 내서 오늘 하루를 묵묵히 살아가는 평범한 사람들의 온기를 세상에 전하고 싶어 〈멘도롱 또뜻〉을 썼다.

청소년들이 쓴 소설과 수필을 많이 읽는데 그중엔 우울증으로 심리 상담을 받고 있다는 고백의 글이 제법 많다. 극단적 선택을 생각한다고 털어놓는 아이들도 많아서 놀랐다. 인생에서 가장 빛나는 시간을 보내야 하는 청소년들이 왜 이토록 아픈 것일까. 그 문제를 고민하다 〈팰리스의 줄리엣〉을 구상했다. 나를 비롯한 어른들의 책임이 크다. 특강 중에 만난 부모님들은 자신의 자녀는 잘 지낸다며 자랑스럽게 말하지만 그건 부모님의 바람일 수도 있다. 자녀의 마음을 헤아리는 연습이 필요하다. 그래야 청소년들이 어른들에게 먼저 고민을 털어놓고 도와달라고 할 테니까.

학교 밖에서 연극, 춤, 노래, 글쓰기, 여행 등 다양한 활동을 하며 경험의 폭을 넓히는 청소년들을 만난 적이 있다. 아이들끼리 행사를 기획하고 열심히 노력해 목표를 이루는 열정이 눈부셨다. 주체적인 아이들을 보니 학교에서 무기력하게 시간을 때우는 학생, 학교 폭력으로 몸과 마음에 깊은 상처를 입는 청소년들이 떠올랐다. 그 아이들에게 학교는 어떤 곳일까? 학교에서 국어, 영어, 수학을 열심히 배워야 이 사회에 필요한 훌륭한 인재가 되는 것일까? 그 생각을 하다가 〈아무튼, 밖에서도〉의 주인공 상오가 떠올랐다. 청소년들이 어디에서 무엇을 하든 늘 즐겁고 씩씩하게, 다른 사람의 시선을 신경 쓰지 말고 하고픈 일에 최선을 다하기를 진심으로 응원한다.

밥의 의미를 생각하다가 〈식사를 합시다〉와 〈밥도둑을 기다리며!〉를 썼다. 나는 청소년기에 떡볶이를 직접 만들면서 요리의 즐거움을 알게 되었다. 솜씨가 좋지는 않았지만 식재료를 조리하면 맛있는 음식으로 변하는 과정이 신기해 다른 음식도 만들어 보았다. 그렇게 자주 연습하다 보니 실력이 좋아졌다. 무엇보다도, 요리의 힘은 강했다. 부모님이 집에 안 계셔도 내가 밥을 해 먹을 수 있어서 걱정이 없었다. 또 뭐든 혼자서 해낼 수 있다는 자신감도 생겼다. 매일 하루도 빠지지 않고 세 끼 식사를 차리는 그 정성이 얼마나 위대하고 숭고한지도 깨달았다. 자신이 먹을 밥을 스스로 만들 수 있어야 진정한 성장, 진짜 독립이라는 생각도 했다.

탐 출판사와 이슬 편집자님의 도움으로 이 책을 출간한다. 너무 부족한데 기회를 주셔서 감사드리고, 경기문화재단에도 고마움을 전한다. 많은 분들의 도움을 받아 느리지만 천천히, 느긋하게 한 걸음씩, 내 속도에 맞춰 살아갈 수 있다.

우리 동네 도둑들

초판 1쇄   2022년 5월 16일
초판 3쇄   2023년 6월 5일

지은이   문부일

책임편집   이슬
디자인   이정화
마케팅   강백산, 강지연

펴낸이   이재일
펴낸곳   토토북
주소   04034 서울시 마포구 양화로11길 18, 3층 (서교동, 원오빌딩)
전화   02-332-6255
팩스   02-6919-2854
홈페이지   www.totobook.com
전자우편   totobooks@hanmail.net
출판등록   2002년 5월 30일 제10-2394호

© 문부일 2022

ISBN   978-89-6496-475-0 43810